요부
김가희

황천우

머리말

우리 역사를 살피면 상당히 흥미로운 여인이 등장한다. 김개시 혹은 김개똥으로 잘 알려진 김가희. 김가희의 궁궐에서의 삶은 세자 시절 광해군의 연인으로 시작된다. 그러나 광해군의 아버지인 선조가 아들의 연인을 빼앗고 젊고 아름답다는 의미의 가희佳姬란 이름을 하사한다.

이어 그녀와 더불어 생의 마지막 열정을 불태우던 선조는 석연치 않은 죽음을 맞이한다. 선조의 죽음과 관련하여 김가희가 모종의 중요한 역할을 했을 것이란 의혹이 곳곳에 등장하지만, 실체는 밝혀지지 않고 있다.

그러나 광해군이 보위에 오르면서 김가희의 위상은 급격하게 상승하여 권력의 중심에 자리하기 시작한다. 이어 광해군 치세 시 간신 중의 간신인 이이첨은 상대도 되지 못할 정도로 광해군과 버금가는 권력을 행사한다.

그녀의 권력 전횡의 실체를 보여주는 대목이 있다. 이는 조선 후기 문신 정재륜이 궁궐을 드나들며 보고 들은 내용을 수록한 『공사견문록公私見聞錄』에 실려 있다.

"홍문관 서리 김충열金忠烈이 김 상궁(김가희)의 소행에 사람들의 마음이 울분한 것을 보고 상소하기를, '『시경』에 빛난 주周나라는 포사褒姒

가 망친다고 하였는데, 조선 3백 년 종묘사직은 김 상궁이 망치니 신은 전하를 위하여 통곡합니다' 하였다."

포사는 중국 주나라의 마지막 왕인 유왕의 애첩으로. 유왕은 그녀를 웃기려고 거짓 봉화를 올려 군사와 제후들을 놀라게 하여 포사를 웃길 정도로 총애하였고 결국 그녀로 인해 주나라는 패망한다.

결국, 광해군도 김가희로 인해 인조반정으로 보위에서 물러나는데 동 상황을 자세히 들여다보면 역사는 돌고 돈다는 진리가 입증되고 있다. 부패한 혹은 무능한 권력은 반드시 비참하게 종말을 맞이한다는 대목이다.

짧지 않은 기간 정치판에 머물다 소설가로 변신하면서 모든 욕심 내려놓은 필자의 시선에 현재 우리 정치판의 현실이 동시대와 한 치의 오차도 없어 보인다. 김가희와 같은 부류의 인간들, 속된 표현으로 잡놈과 골 빈 놈들이 우리 현실을 위태롭게 만들고 있다. 한마디로 요부, 즉 간신들이 위세를 떨치고 있다.

문득 절친의 말이 떠오른다. 이제는 모든 욕심 내려놓은 사람들이 나서서 이 나라를 바로잡아야 한다는 강변이었다. 모쪼록 이 글이 현재의 암울한 현실을 타개하기 위한 시금석이 되기를 고대해 본다.

황 천 우

차례

면천

"어험!"

개똥이 사랑채 앞 담장 가까이서 한낮의 햇빛을 고스란히 받으며 서서히 시들어가는 목련 꽃에 빠져들어 미지의 세상을 그리는 중에 뒤에서 나지막하고 묵직한 헛기침 소리가 들려왔다. 순간 고개 돌리자 이이첨이 은근한 눈빛으로 주시하고 있었다.

"주인마님, 죄송하옵니다."

이첨의 존재를 확인한 개똥이 순간적으로 고개 숙였다.

"고개 들어 보거라."

이첨의 목소리가 들리지 않았는지 개똥이 꼼짝 않고 가볍게 어깨를 떨고 있었다.

"고개 들어보라는데 들리지 않느냐!"

이첨의 목소리가 살짝 올라가자 개똥이 천천히 고개 들었다. 순간 개똥의 눈가에 흐르는 미세한 눈물이 햇빛에 반짝였다.

"마님, 용서하여주시옵소서."

개똥이 흐르는 눈물을 소매로 훔치며 다시 고개 숙였다.

"무엇을 용서해달라는 말이냐?"

이첨이 개똥에게 가까이 다가가 손으로 개똥의 턱을 들어 올리며 미소를 보이고 목련으로 시선을 주었다.

"마님 허락도 없이 사랑채에 들어섰으니…"

"시들어가는 목련 꽃을 보고 무슨 생각을 하였느냐?"

개똥의 말을 외면하고 이첨이 다정스러운 표정을 지었다. 개똥이 마치 그 의미를 헤아리기라도 하듯 눈을 동그랗게 떴다.

"꽃을 바라보며 소녀의 신세를…"

개똥이 말하다 말고 목련으로 고개 돌렸다.

"네 신세가 어떠하기에 그러느냐?"

"활짝 펴보지도 못하고 시들어가는 게 아닌가 하는 생각에 저도 모르게 서러움이 복받쳐서…"

이첨이 뒤로 조금 물러나 목련과 개똥의 얼굴을 번갈아 바라보았다.

"네 나이 몇인데 그런 생각을 하였느냐?"

"나이 비록 열다섯이오나, 나이와는 전혀 상관없는 일인지라 그러하옵니다."

"나이와 상관없다니 그 무슨 뜻인고?"

"그야, 노비의 굴레에서…"

말하다 말고 개똥이 이첨을 바라보았다. 이첨이 그 시선을 외면하고 다시 목련을 바라보며 가볍게 혀를 찼다.

"소녀가 실수하였는지요?"

"아니다, 막상 네 말을 들으니 내 신세 역시 그와 같지 않은가 싶어 그런다."

이이첨은 일찍이 조정에 들어 한창 승승장구하던 중 이조정랑이던 1600년에 북인이 분당할 때 대북파의 영수인 이산해와 함께했다는 이유로 파직당하고 그 순간까지 야인으로 물러나 있었다.

"마님과 소녀는 근본적으로 다르지 않은지요."

"근본적으로 다르다니?"

"마님께서는 양반으로 그리고 세자저하와 가까운 사이라고 들었사옵니다."

"그게 무슨 상관이냐?"

"마님께서는 지금은 비록 곤궁한 처지에 머물러 계시지만 미래에 대한 무한한 가능성이 열려 있지 않사옵니까. 그리고 세자저하라면 이나라에서 임금님 다음으로 힘 있는 분이 아니신지요. 그러니 언제인가는…"

이첨이 눈을 게슴츠레 뜨고 개똥을 주시했다.

"소녀가 잘못 알고 있사온지요."

"제대로 알고 있는데, 그 이면을 보지 못하고 있구나."

이첨이 말을 멈추고 가볍게 한숨을 내쉬었다.

"권력이란 나누는 게 아니란다. 또한, 임금이 존재하는 한 세자에게 부여된 권력은 무용지물에 불과할 뿐이야."

개똥이 이해되지 않는지 눈을 동그랗게 뜨고 이첨을 바라보았다.

"세자저하의 운명도 임금님 의도대로 결정된다는 말씀이신지요?"

"그야 당연하지."

"그러면 바뀔 수도 있다는 이야기네요?"

이첨이 뒤로 한걸음 물러나면서 개똥을 빤히 바라보았다.

"그게 무슨 소리냐?"

"지금 왕비 마마(인목 왕후)께서 공주님을 출산하신 일로 여러 말들이 흘러다니고 있어요."

"자세히 말해 보거라."

"왕비 마마께서 아들을 출산하실 수 있고, 그렇게 되면 임금님의 마음이 어떻게 바뀔지 모른다고요."

"뭐라고!"

이첨의 표정이 굳어지며 목소리에 미세한 떨림이 가세했다. 그에 따라 개똥의 얼굴에 긴장감이 들어차기 시작했다.

"마님, 잘못했습니다!"

말과 동시에 개똥이 양손을 비벼댔다. 개똥의 모습을 살피던 이첨이 고개 돌려 다시 목련을 바라보았다.

"너는 지금 곧바로 네 아비 만득을 불러오거라."

잠시 후 표정을 부드럽게 한 이첨이 역시 부드러운 말투로 이야기하자 개똥이 안절부절못하고 있었다.

"마님, 잘못했습니다. 용서해주십시오!"

개똥이 급기야 맨땅에 무릎을 꿇고 거세게 양손을 비벼댔다. 양손에서 생기는 마찰력 때문인지 눈에서 다시 눈물이 흘러내리기 시작했다.

"아니야, 네 잘못에 대해 네 아비를 추궁하려는 게 아니니 걱정하지 말고 바로 데려오도록 하거라."

말뿐만 아니었다. 이첨이 개똥의 비벼대는 양손을 잡고 일으켜 세웠다. 막 피기 시작한 개똥의 가녀린 몸이 다시 제자리로 돌아왔다.

"하오면, 무슨 연유로 제 아비를…"

"방금 전에 네 입으로 신세타령하지 않았느냐. 그래서 그 일로 네 아비를 부른 것이니 빨리 데려오거라."

개똥이 영문을 모른다는 듯 이첨을 바라보다 엉거주춤하게 자리를 물리고 곧바로 행랑채로 이동했다. 그곳에 이르자 만득이 막 낮잠을 청하려던 중이었다. 개똥이 다짜고짜 만득을 잡아끌었다.

"마님께서 왜 갑자기 이 아비를 불러오라 했느냐?"

"전들 알겠어요. 갑자기 마님께서 아버지를 불러오라 하셨어요."

개똥이 걸음을 잠시 멈추고 조금 전 이첨과 나누었던 이야기를 이실직고하려다 그만두었다. 만득이 뭔가 말하려다 개똥의 표정을 살피며 고개를 갸웃거리다 앞장섰다. 두 사람이 사랑채에 이르자 이첨의 모습은 보이지 않았다. 방으로 시선을 주자 댓돌에 신발이 놓여 있었다. 만득이 가볍게 숨을 내쉬었다.

"마님, 쇤네 만득입니다. 불러계시었습니까?"

"어서 들라."

지체 없이 이첨의 소리가 들려오자 만득이 마루로 올라서며 뒤를 돌아보았다. 개똥 역시 뒤를 따르는 모습에 잠시 움칠거리다 문을 열고 방으로 들어섰다.

"들었으면 앉지 않고 뭐하는 게냐."

이첨의 나직한 소리에 어쩔 줄 몰라 서성거리던 두 사람이 동시에 조신하게 자리 잡았다.

"네가 이 집에 들어온 지 얼마나 되었느냐?"

이첨이 대뜸 던진 질문에 만득이 잠시 눈을 깜박이다 뒤통수를 긁적였다.

"왜 그러느냐?"

"아무리 생각해 보아도 얼마나 되었는지…."

"헤아릴 수 없다는 말이냐?"

"송구하옵니다만, 그저 오래되었다는 것 외에는…."

이첨이 연신 뒤통수를 긁적이는 만득을 바라보며 미간을 찡그렸다.

"여하튼 오래되었다는 말이로고."

"쇤네가 어린 시절 들었으니 그리되었습지요. 그런데 무슨 일로 쇤네를 부르셨는지요."

"왜 내가 너희 부녀를 함께 불렀는지 짐작 못 하겠느냐?"

"쇤네가 어찌…."

만득이 다시 뒤통수를 긁적이자 이첨이 개똥을 바라보았다.

"그만 저희를 내치시려는 게 아닌가…."

개똥이 중간에 슬며시 말꼬리를 흐렸다. 순간 이첨이 가볍게 탄식하며 개똥을 주시했다.

"네가 정확하게 보았다. 내 너희 부녀를 부른 이유는, 이제 너희들을 천민의 굴레에서 벗겨주려 한다."

"네!"

두 사람이 동시에 소리를 높였다. 이어 개똥의 얼굴에 환희의 기운이 감돌기 시작했다. 그와 반면에 만득의 표정은 어둡게 변해 갔다.

"만득이 너는 내 말이 탐탁하지 않으냐?"

"쇤네는 그냥 이대로…."

이첨이 가볍게 혀를 찼다. 평생 노비로 살아온 만득에게 면천은 전혀 생각해 보지 않은 도전이었을 터였다. 한 걸음 더 나아가 만득에게 자유는 전혀 겪어보지 못한 세상으로의 추방으로 비칠 수 있었다.

"지금 당장 이 집을 나가라는 게 아니니 너무 걱정하지 말거라."

"마님, 더욱 열심히 일할 터이니 제발…."

만득의 간절한 표정과는 달리 그를 바라보는 개똥의 얼굴에서는 잔잔한 미소가 흐르고 있었다.

"만득아, 너는 내가 왜 너희 부녀를 면천하려는지 짐작 못 하겠느냐?"

"쇤네가 어찌 그를 알겠습니까."

"그러면 개똥이 너는?"

"혹여 소녀가 중히 쓰일 곳이 있어 그러시는 게 아닌지요."

개똥이 조금도 주저하지 않고 입을 열자 만득의 시선이 개똥에게 향했다.

"바로 그런 이유 때문이야. 그러니 만득이 네 신분의 변화만 있을 뿐이니 조금도 걱정할 일은 아니야."

만득이 개똥을 바라보며 가볍게 한숨을 내쉬었다.

"그런데 이 아이가 무슨 소용이 될 일이 있다고…"

"그는 차차 이야기하도록 하고. 먼저 너희들에게 성과 이름을 주도록 하마."

두 사람이 동시에 성과 이름을 되뇌었다.

"마님, 성이라니요?"

"그 역시 개똥을 위한 일이니 그렇게 알도록 하거라."

"혹시 귀띔이라도 주시면 아니 되옵니까?"

"조만간 알게 될 테니 그렇게 알고 있도록 해."

이첨이 강한 투로 이야기하자 만득이 잠시 의아한 표정을 짓다 고개 숙였다.

"그건 그렇고 너희들이 가지고 싶은 특별한 성이라도 있느냐?"

"기왕에 주시려면 마님의 성씨가 어떨…"

만득이 고개 들며 힘없이 말을 잇다 말꼬리를 흐렸다.

"아버지, 그건 아니 되옵니다."

"그건 또 무슨 말이냐?"

개똥이 목소리를 높이자 만득의 얼굴에 호기심이 가득했다. 이첨이 두 사람의 모습을 가만히 바라보고 있었다.

"마님께서 제가 쓰일 곳이 있다 하시면, 마님의 성씨인 이 씨는 곤란하옵니다. 자칫 남들이 오해할 수도 있지 않겠는지요.”

만득이 가만히 고개를 끄덕이며 이첨을 바라보았다.

“맞는 말이야. 그러니 이 씨는 곤란하고. 그래 네 생각은 어떠냐?”

“소녀의 생각으로는, 지금 이 조선 땅에서 가장 흔한 성씨가 김 씨로 보이옵니다. 그래서 김 씨 성이 어떠한지요?”

“그래, 김 씨가 좋겠구먼.”

이첨이 잠시 생각에 잠겼다가 얼굴 가득 미소를 보였다.

“그러면 성은 김 씨로 하고 이름은 어찌 지어주시려는지요?”

“가급적 현 이름에서 크게 바꾸지 않으려 한다.”

“상세하게 말씀 주시옵소서.”

“만득은 만덕으로 그리고 개똥은 개시로 바꾸어 주려 한다.”

개똥이 개시를 되뇌었다.

“왜 마음에 들지 않느냐?”

“마음에 들지 않기는요, 너무나 좋아요.”

“이유가 무엇이냐?”

“개시는 무슨 일을 처음으로 시작한다는 의미 아닌지요?”

“그렇지, 바로 그거야.”

이첨이 말을 마치고 큰소리로 웃자 개똥이 의아한 표정을 지었다.

“왜 웃으시는지요?”

“나는 네 이름의 ‘똥’을 의미하는 한자 시屎로 바꾸어 김개시金介屎라는 이름을 주었는데 그래도 괜찮겠느냐?”

요부 김가희

개똥이 잠시 똥과 시를 되뇌며 생각에 잠겨 든 모양으로 눈을 깜박거렸다.

"다른 사람들이 그 세세한 의미를 알겠어요. 그리고 설령 안다 한들 그 누가 신경이나 쓸 일인가요."

당당하게 말하는 개똥의 얼굴에 해맑은 미소가 흐르고 있었다.

생식기

개시가 사랑에 들자 이첨이 조촐하게 차려진 주안상을 앞에 두고 진지한 표정을 짓고 자신을 바라보고 있었다. 그를 감지한 개시가 멈추어 잠시 시선을 어디로 두어야 할지 갈피를 잡지 못하며 머뭇거렸다.

"조금도 개의치 말고 이리로 오너라."

이첨이 표정을 바꾸어 미소를 보이자 멈칫했던 개시가 자세를 가지런히 하고 이첨에게 큰절을 올렸다.

"마님, 이 은혜 죽어도 잊지 않겠사옵니다."

몸을 일으킨 개시가 고개 숙였다.

"그건 차후에 이야기하고 어서 이리 가까이 오거라."

이첨이 손을 들어 자신의 앞자리를 가리키자 개시가 살며시 자리했다.

"소녀가 한잔 따라 올려도 되옵니까?"

"당연한 일이로고."

말과 동시에 이첨이 잔을 들자 공손하게 술병을 기울였다.

"너는 이 일을 은혜로 생각하느냐?"

"하오면?"

개시가 눈을 깜박이자 이첨이 개시의 얼굴과 몸을 찬찬히 살펴보았다.

"상생이란 말의 뜻을 아느냐?"

"상생이라면 함께 살아가는…"

개시가 말하다 멈추고 이첨의 입을 바라보았다. 이첨이 그 시선을 의식하며 천천히 잔을 기울였다.

"너도 한잔하겠느냐?"

"소녀는 아니 되옵니다."

"그 이야기는?"

"지금까지 전혀 접해보지 못했사옵니다."

"그렇다면 잘 되었구나. 나와 더불어 개시하도록 하자꾸나."

이첨이 '개시'에 힘주어 말하고 자신의 손에 들려 있는 빈 잔을 개시에게 넘겼다. 이어 잔을 채우자 개시가 자신의 입으로 가져갔다.

"천천히 음미하며 마셔 보거라."

개시가 머뭇거리자 이첨이 은근한 눈빛을 주었다. 개시가 잠시 이첨의 얼굴을 바라보다 잔을 기울였다. 잠시 후 개시가 사레들린 듯 심한 기침과 함께 방금 넘겼을 듯한 술과 이물질을 이첨을 향해 쏟아냈다.

개시의 기침이 쉽사리 멈추지 않자 이첨이 조금도 미동하지 않고 흡사 그를 즐기기라도 하듯 미소를 보내고 있었다.

"마님, 이를 어째…"

잠시 후 정색한 개시가 급히 이첨에게 다가가 술에 혹은 이물질에 젖은 이첨의 옷을, 몸을 어루만지기 시작했다.

"마님, 용서하여주시옵소서!"

"무엇을 용서하란 말이냐?"

이첨의 은근한 목소리에 개시가 의아한 표정을 지으며 이첨을 바라보자 흡족한 표정을 지으며 주시하고 있었다.

"소녀, 이해되지 않사옵니다."

"이해되지 않는다니, 방금 네 입으로 처음이라 하지 않았느냐?"

"더욱 이해되지 않사옵니다."

개시가 이첨의 몸을 어루만지던 동작을 멈추었다.

"왜 멈추는 게냐?"

이첨과 눈을 마주친 개시가 다시 손을 움직이기 시작했다.

"내 말이 헷갈리느냐?"

"아니옵니다. 어느 정도 이해 가능하옵니다."

"말해 보거라."

"소녀가 술을 쏟은 행위 자체만으로는 용서의 대상이 아니지만, 그 결과에 대해서는 책임을 져야 한다는 의미로 생각되옵니다."

"역시 내 눈이 틀리지 않았어."

짧게 장탄식을 늘어놓은 이첨이 개시가 마시다 말고 내려놓은 술잔을 들어 비워냈다.

"어서 이 젖은 옷을 벗기거라."

개시가 마치 귀신에 홀린 듯 이첨의 윗도리를 벗기자 이첨이 그 옷을 빼앗다시피 하여 자신의 젖은 부위를 닦기 시작했다. 그 모습을 살피며 개시가 자리에서 일어나 한걸음 뒤로 물러나 이첨의 행동을 주시했다.

"소녀, 이제 어찌해야 하는지요?"

이첨이 손에 들었던 옷을 내려놓자 개시가 차분하게 말문을 열었다.

"네 생각은 어떠하냐?"

"소녀의 좁은 소견으로는 차마…."

"생각하지 말고 본능에 따르거라."

이첨이 표정을 굳게 하고 짤막하게 말을 이었다. 잠시 생각에 잠겨 들었던 개시가 자신의 저고리를 벗었다. 순간 만개하기 직전의 목련 꽃이 여실히 그 모습을 드러냈다. 그 상태서 잠시 옷을 든 채 자신의 가슴을 가렸던 두 손을 내리고 이첨에게 다가가 그 옷으로 이첨의 상체를 되는대로 가렸다.

"그리고."

이첨이 표정 하나 변하지 않고 바라보자 개시가 상 뒤로 물러나 손을 치마끈으로 가져갔다.

"마님!"

"말해 보거라."

"소녀를 취하시지도 않으실 거면서 어찌…."

"누가 취하지 않는다 했느냐!"

"하오면 상품을 보고 결정하시겠다는 의미신지요?"

이첨이 대답하지 않고 가만히 주시했다. 침묵이 이어지기를 잠시 후 개시가 담담한 표정을 지으며 치마끈을 천천히 당겼다. 치마가 전광석화처럼 빠르게 내려가자 앙증맞은 속곳이 모습을 드러냈다.

이첨의 시선이 속곳으로 쏟아지자 개시의 몸이 꼬이고 있었다. 그를 의식하며 개시가 자신의 양팔로 가슴과 가운데를 가렸다.

"마저 벗거라."

이첨의 나직한 말소리에 떨림이 함께했다. 개시가 잠시 주저하다 천천히 속곳을 벗고 다시 양팔로 가슴과 생식기를 가렸다.

"팔을 치우거라."

나직한 이첨의 소리가 이어지자 개시의 표정이 굳어지고 있었다.

"팔을 치우라 해도!"

이첨이 순간적으로 목소리를 높이자 개시가 양팔을 천천히 옆구리에 밀착시켰다. 그 상태서 이첨을 바라보았다. 이첨의 시선이 자신의 생식기로 집중되고 있었다. 그를 의식한 개시의 몸이 조금 전보다 더 꼬였다.

"이리 가까이 오너라!"

이첨이 앞에 놓여 있던 상을 옆으로 밀어냈다. 잠시 주춤하던 개시가 이첨의 손이 닿을 정도로 가까이 다가섰다. 개시의 생식기가 이첨의 얼굴 정면과 마주했다. 이첨이 그 상태서 고개를 움직여 개시의 발목을 시작으로 머리까지 전신을 샅샅이 훑고 다시 그 부분을 유심히 바라보았다. 그러기를 한순간 개시가 눈치채지 못하도록 회심의 미소를 지었다.

"한번 뒤로 돌아보거라."

개시가 기다리고 있었다는 듯 머뭇거리지 않고 몸을 돌렸다. 이첨이 개시의 두 다리 사이를 상세하게 살피다 팔을 뻗어 개시의 양 골반을 잡고 몸을 다시 뒤로 돌려 정면으로 맞이했다. 잠시 후 양손에 힘을 주어 당기자 개시의 생식기가 이첨의 눈으로 다가섰다.

"주인마님, 용서해주십시오!"

"용서 이전에 그 실체를 파악해봐야 하지 않겠느냐!"

이첩이 말을 마침과 동시에 부복하고 있는 길녀 가까이로 다가갔다. 이첩이 다가서자 길녀가 울음소리에 더하여 어깨까지 들썩였다.

"일어서거라!"

잠시 머뭇거리던 길녀가 가볍지 않게 한숨을 내쉬며 아랫배에 힘을 주고 자리에서 일어섰다. 순간 이첩이 그 자리에 앉아 길녀의 치마끈을 잡았다. 그 상태서 길녀의 얼굴을 한번 바라보고 주저하지 않고 잡아당겼다.

곧바로 이첩의 시선에 소문의 실체가 드러나고 있었다. 보일 듯 말 듯 해야 할 길녀의 생식기가 이첩의 시선 정면으로 다가왔다. 그를 바라보며 이첩이 목구멍으로 침을 넘기며 손으로 그곳을 가볍게 쓸어보았다.

길녀가 순간적으로 움찔거렸다. 시선을 길녀의 얼굴로 주었다. 길녀의 어둡던 표정이 서서히 사라지고 있었다. 그를 살피며 방금보다 더 강하게 그곳을 손으로 쓸었다. 길녀의 몸이 급격하게 꼬이고 있었다.

길녀의 양 허리를 손으로 잡고 자세를 바로 하도록 한 다음 다시 길녀의 가운데를 더욱 감하게 쓸어내리자 촉촉한 기운이 손에 가득 묻어나왔다. 그 순간 길녀의 양손이 본능적으로 이첩의 머리를 감쌌다.

그 상태에서 소문의 진위를 생각해 보았다. 집안의 하인들은 물론 근동에 남자들이 길녀에게 환장하게 덤비고 있었고 길녀 역시 그들의 행동에 조금도 머뭇거리지 않고 동조하고 있다고 했다.

그 과정에 길녀의 생식기가 은연중 회자되었다. 혹자는 그를 가리켜 '막대'니 '조개'니 라는 표현을 서슴지 않았고 그런 연유로 길녀의 가운데를 한번 스쳐 간 사내라면 환장하지 않을 수 없다고 했다.

가만히 길녀의 얼굴과 눈앞에 적나라하게 드러나 있는 생식기를 번갈아 바라보았다. 생식기의 위치로 보아 외부의 자극에 너무나 손쉽게 노출되어 있었다. 그를 바라보며 중지 손가락을 길녀의 생식기에 집어넣었다.

흡사 늪에 빠진 듯한 느낌이 일어나는 그 순간 머리를 감싸고 있던 길녀의 손에 힘이 더해져 이첨의 눈이 아니, 얼굴이 정면으로 길녀의 생식기를 맞이했다. 그곳에 얼굴을 묻기를 잠시 이첨이 가벼운 신음을 내지르며 몸을 일으켰다.

길녀의 얼굴이 붉게 물들어 있었고 어깨를 움칠거릴 정도로 호흡이 고르지 못했다. 그를 살피며 자신의 바지를 내리고 가운데를 바라보았다. 길녀를 방에 들이는 순간부터 그토록 냉정을 유지하고자 했지만 이미 갈 데까지 가 있는 상태였다.

이첨이 자신의 가운데를 바라보며 길게 호흡했다. 어떻게든 그곳을 진정시켜보려 했으나 마음대로 이루어지지 않았다. 오히려 길녀의 생식기에 대한 본능적인 호기심이 머리를 강타하기 시작했다.

이첨이 개시 어미 길녀의 일을 떠올리다 입을 열었다.

"이제 그만 옷을 입도록 하거라."

이첨이 상체에 걸쳐 있는 개시의 옷을 돌려주고 자신의 옷을 입었다. 개시가 옷매무시를 가다듬고 옆으로 치워졌던 주안상을 다시 가운데에 놓고 마주 앉았다.

"마님, 소녀를 어찌 이용하시려는지요?"

이첨이 가볍게 한숨을 내쉬며 잔을 들자 개시가 차분한 표정을 지으며 술병을 들어 잔을 채웠다. 이첨이 개시의 얼굴을 흘낏 살피고는 잔을 비워냈다.

"내가 취하면 아니 되겠느냐?"

"소녀, 이 순간 이후로 마님의 소유이옵니다. 하오니 마님께서 말씀하시면 그대로 따르렵니다."

말을 마침과 동시에 개시가 안주를 손으로 들어 이첨의 입으로 가져갔다. 잠시 주저하던 이첨이 입을 벌리자 개시가 안주가 들려 있는 손가락을 이첨의 입으로 넣었다. 이첨이 손가락 역시 안주로 착각한 모양으로 깊게 빨아들였다.

"내가 너를 취하지 않으리란 사실을 어찌 알았느냐?"

"확신에 앞서 의심이 들었습니다. 마님께서 소녀를 다른 곳에 쓰이도록 하시지 않을까 하는…."

이첨이 흡족한 표정을 지으며 다시 빈 잔을 들었다. 기다리고 있었다는 듯 개시가 술병을 기울였다.

"한잔하지 않겠느냐?"

이첨이 술을 채운 잔을 건네자 개시가 잠시 머뭇거리다 잔을 받았다.

"마님, 아무도 거들떠보지 않는 소녀를 어디에 이용하시려는지 여쭈어도 되겠사옵니까?"

"그건 무슨 소리냐, 아무도 거들떠보지 않다니?"

"물론 주변에 있는 많은 남자들이 소녀를 예뻐해 주고 있습니다. 그런데 여자로는 보지 않고 있다는 인상을 받고 살고 있사옵니다."

이첨이 슬그머니 미소 지었다. 개시의 말의 이면이 순간적으로 떠오른 탓이었다. 개시의 어미 길녀의 방탕함으로 인해 집안의 하인들은 물론 주변 모든 남자들이 개시를 여자 이전에 자신들의 딸일지도 모른다는 생각으로 대했던 탓이었다.

"나름 이유가 있지 않겠느냐."

"무슨 말씀이신지…?"

"함부로 접근하기 힘든 사람이라 생각해서 그런 거 아니겠느냐?"

"저로서는 이해하기 힘드옵니다."

"지금 이 순간을 생각해 보거라."

"말씀인즉 마님이 아껴주시기 때문에 다른 사람들은 감히…"

잠시 생각에 잠겨 들었던 개시가 조심스럽게 말을 이었다.

"그건 그렇고 이후로는 안방마님의 시중을 들도록 하거라."

"안방마님이요?"

"내가 일러둘 터이니 내일부터는 안채에서 생활하도록 하거라."

공동운명체

"주안상을 준비할까요?"

이첨이 저녁 늦은 시간 사랑이 아닌 안채로 들자 아내 이 씨가 근심스런 표정을 지으며 맞이했다.

"시간도 늦었는데 그만두구려."

"제 걱정은 마시고 말씀하세요."

근심 어린 이첨의 표정과는 달리 이 씨의 표정은 잔잔했다.

"내가 부인 볼 낯이 없소."

"그 무슨 말씀이세요. 행여라도 그런 말씀은 마세요."

몰락한 선비 이응록의 딸로 오로지 이첨만을 바라보며 살고 있는 이 씨가 자리에서 일어났다. 물론 주안상을 보기 위함이었다.

"부인, 아랫것들 시키지 않고."

"서방님이 오늘은 제 손님이신데. 서방님 드실 음식을 왜 아랫것들 시킵니까. 당연히 제가 해야지요."

아내가 밖으로 나서자 이첨이 방 구석구석을 살펴보았다. 저만치 조그마한 상위에 두껍지 않은 책자가 시선에 들어왔다. 무릎걸음으로 그리로 다가가자 『훈민정음언해』가 가지런히 놓여 있었다.

손에 잡히는 대로 책장을 넘기며 가만히 미소를 머금었다. 며칠 전

개시를 아내에게 보내며 부탁했었다. 개시에게 언문을 습득할 수 있도록 해달라고. 그에 따라 이 씨가 하루 한 시간 정도를 할애하여 개시에게 언문 공부를 지도하고 있었다.

혹시라도 모를 일이었다. 개시에게 언문이 필요할지는 모르지만 여하한 경우든 언제고 도움이 되리라 생각했다. 당시에 여자는 한문은 접해 보기 힘들었지만 간혹 언문은 사용했던 터였다.

순간 성종 시대 일을 떠올렸다. 연산군의 생모인 폐비 윤 씨와 관련해서였다. 후일 그 문제로 애꿎게도 성종의 어머니인 인수대비가 폐비 윤 씨의 죽음과 연계되었다는 이유로 곤혹스러운 일을 당했는데, 결국 그 일은 성종의 할머니로 당시 실권자였던 세조의 비 정희왕후가 내린 언문 교지가 그 중심에 있었다.

성종은 권력을 떠나서 자신을 끔찍이도 아끼는 할머니 정희왕후의 명을 거역하지 못하고 한때 사랑했던 자신의 아내를 죽음으로 몰아갔었다. 바로 그 연결 고리가 언문 교지로 언제고 필요할지도 모른다는 생각이 들었다.

이 생각 저 생각에 잡혀있을 즈음 이 씨가 조촐하게 차린 주안상을 들고 들어섰다.

"부인, 미안하고 또 고맙소."

"그런 말씀 하시지 말라고 해도요. 그건 그렇고 가셨던 일을 여쭈어 보아도 될는지요."

"그곳에서 세자저하를 만났소만."

그곳이란 임진란 당시 광해군과 함께 위험지역을 돌아다니며 동고동락했다 사망한 중추원부사 정탁의 빈소를 의미했다.

"무슨 말씀 있으셨는지요?"

"술 한잔 따라주겠소."

이첨이 동문서답하자 이 씨가 애틋한 표정을 지으며 공손하게 잔을 채워주었다.

"지금 상황에 대해 세자저하께서도 상당히 곤혹스러워하고 있다오."

"들리는 바에 의하면 전하와 세자저하의 사이가 그리 원만하지 않다고 하던데요."

"바로 그런 이유 때문이라오. 그런 이유로 저하께서 내게 상당히 미안해하시더이다."

"당연히 그러하시겠지요."

"그래서 내 술 한잔하고 왔소."

"여보, 너무 심려 마세요. 언제인가는 당신의 의중대로 일이 이루어지지 않겠어요."

이 씨의 차분한 말투가 오히려 이첨의 마음을 울적하게 만든 모양으로 단번에 술잔을 비워냈다. 이 씨가 젓갈로 안주를 집어 이첨의 입으로 가져갔다. 이첨이 흡사 아이마냥 미소를 머금고 안주를 입으로 넣었다.

"그래요, 부인 말대로 서두른다고 될 일이 아니지요."

"그러니 마음 편히 잡수세요. 그러다 혹시라도 건강을 해칠까 보아 겁이 나요."

"부인이 그렇게 말해 주니 힘이 절로 나는구려."

이이첨, 조선 초 승승장구했던 광주 이 씨 출신으로 이조, 병조 판서 출신의 이극돈의 5대 후손이었다. 그러나 연산군 시절 이극돈의 조카인 이세좌가 폐비 윤 씨 사사 과정을 봉행했다는 이유로 초토화를 면치 못했다.

중종반정으로 연산군이 축출된 이후 어느 정도 세는 회복했지만 전에 비하면 턱이 없었다. 말인즉 배경이 거의 전무하다시피 했다. 그런 이유로 벼슬길도 순탄치 않았다. 결국 이이첨은 자수성가의 길을 선택하며 지금까지 고군분투하고 있었다.

"그런데 부인, 개시 그 아이는 어떠하오?"
"아이가 나이가 무색할 정도로 영악합니다."
"그 말은?"
이 씨가 대답 대신 조금 전 이첨이 살펴보았던 『훈민정음언해』를 들고 돌아왔다.
"벌써 이 모든 걸 습득했다고 보아도 무방합니다."
"벌써 말이오?"
이첨의 목소리가 절로 올라갔다.
"아이가 하나를 알려주면 열을 알 정도로 똑똑합니다."
이첨이 가만히 고개를 끄덕였다.

"그런데 그 아이에게 왜 그토록 공을 들이시는지 여쭈어보아도 되겠어요?"

이첨이 대답 대신 가볍게 한숨을 내쉬자 이 씨가 다시 빈 잔을 채웠다.

"말씀 주기 곤란한가요?"

"곤란하기보다, 그 아이를 더 이상 이 집에 두기 그래서 그렇소. 또한 그 아이가 지금의 난국을 타개해 나갈 기회가 될 수 있겠다 싶은 생각 때문이오."

"상세하게 말씀 주시겠어요."

"먼저 함께할 수 없다는 대목에 대해서…"

이첨이 말하다 말고 잔을 비우고 빈 잔을 아내에게 건넸다.

"부인도 한잔 드시구려."

이첨이 말과 동시에 술을 따르자 이 씨가 조신하게 잔을 비워냈다.

"당신과 술잔 기울이던 일이 오래된 듯한데 아예 잔을 하나 더 가져오시오."

그 어느 누구보다도 금슬 좋은 부부였다. 비록 이첨이 간혹 다른 여자를 취하기는 했지만, 마음은 항상 부인을 향했던 터였다.

아내가 빈 잔을 가져오자 두 사람이 마주 보고 자리 잡았다.

"함께 할 수 없다 하심은?"

"그 아이 어미인 길녀의 경우를 살핀 거라오."

"어떻게 생각하면 불쌍한 여자였지요."

이 씨가 한숨을 내쉬며 길녀를 되뇌었다.

"그런데 그 아이 어미와 무슨 관계가 있는지요."

"그 아이로 인해 우리 주변에서 다시 그런 일이 발생할지도 모른다는 생각 때문이오. 당시 당신 마음고생이 심했었음을 내 알고 있소."

이 씨가 지난날을 회상하는지 다시 가볍게 한숨을 내쉬었다.

"길녀가 그렇다고 그 딸인 그 아이가 그렇다는 보장은 없지 않은가요?"

"물론 그야 그렇소. 그러나 그 딸아이인 만큼 그리고 그 어미를 생각해서라도 이 집안에서는 내보내야겠다는 생각이 드오."

아내에게 차마 개시의 생식기가 길녀의 생식기와 판박이라 언급할 수는 없었다.

"당신 마음이 그렇다면 그리하는 게 옳겠지요. 그런데 그 아이가 이 난국을 타개할 기회라니요?"

"그 아이를 궁으로 들여보내려 하오."

"네!"

이 씨가 차마 믿기지 않는지 소리를 높였다.

"그래서 궁에서 생활할 수 있는 소양을 키우기 위해 당신 곁에 둔 것이라오."

이 씨가 잠시 궁을 되뇌었다.

"그런 이유로 천민의 직을 면하게 해주신 거로군요."

"바로 그러하오. 궁궐에서의 입지 강화를 위해 그리하였소."

"그런데 궁이라 하면 어디로 들려 하시는지요?"

"일단은 세자저하의 처소로 들여야 하지 않겠소."

"결국 당신 사람을 궁궐에 포진하겠다는 이야기로 들립니다만."

"부인, 일단 우리 모처럼 회포를 풀어봅시다."

이첨이 잔을 들고 이 씨를 바라보자 이 씨 역시 잔을 들었다. 두 사람이 잠시 애틋한 시선으로 서로를 바라보다 동시에 잔을 비워냈다.

"그 아이가 그럴만한 능력이 될까요?"

잔을 내려놓은 이 씨가 안주를 챙겨 이첨에게 건넸다.

"그래서 그를 타진해보고 있지 않소."

이첨 역시 안주를 챙겨 이 씨의 입에 넣어주었다. 거리낌 없이 안주를 입으로 넣고 오물거리는 이 씨를 이첨이 은근한 미소를 지으며 바라보았다.

"왜 그리 유심하게 바라보십니까?"

"부인, 이리 가까이 오시오."

이첨이 팔을 뻗어 이 씨의 소매를 잡아 곁으로 이끌었다. 이 씨가 시선을 방문으로 주었다가 못이기는 체하며 이첨의 곁에 자리했다. 이첨이 곁눈질로 이 씨를 바라보자 아직도 입을 오물거리고 있었다.

그 입을 바라보자 순간적으로 개시의 생식기가 떠올랐다. 아니, 자신의 가운데를 정성스럽게 오물거렸던 길녀의 생식기가 떠올랐다. 이 씨 모르게 가볍게 한숨을 내쉬고 이 씨의 저고리 고름을 손으로 잡았다.

"여보, 그런데 개시 그 아이는 제 어미의 마지막 행보를 알고 있을까요?"

이첨이 고름을 잡아당기자 서서히 이 씨의 호흡이 거칠어지기 시작했다.

"당신 생각은 어떻소?"

이 씨 역시 이첨의 웃옷을 벗기기 시작했다.

"워낙에 입조심을 시켰으니…."

이첨의 손이 자연스레 이 씨의 가슴으로 옮겨갔다.

"설령 안다 한들 지금 와서 그게 문제 되겠소."

이첨이 자신의 손에 은근하게 힘을 주었다.

"그러면 만득이 제 친아버지가 아닌 건 알고 있는지 모르겠…."

"친아버지일 수도 있지 않겠소."

이 씨가 이첨의 손에 자신의 손을 덮었다.

"당신도 길녀를…."

"알고 있었소?"

이 씨가 슬그머니 미간을 찡그렸다.

"도대체 길녀가 어떻기에…."

"어떻기는 무엇이 어떻겠소. 그저 스쳐 지나간 불꽃이었지."

이첨이 이 씨의 의심에 쐐기를 박듯 표정을 굳게 했다.

"당신의 딸일 수도… 있는 거 아닌…."

이 씨로부터 더 이상 말이 흘러나오지 못했다. 다만 두 사람의 알 듯
모를 듯한 신음만 오갔다.

"조만간 세자저하께서 사냥 다녀오면서 들르겠다는 말씀을 주셨소."

잠시 후 이첨이 이 씨의 몸에서 떨어지며 나지막하게 입을 열었다.

조우

"개똥 아니, 개시야! 주인마님이 찾으셔."

가을이 깊어가던 한날 오후 집안이 분주하게 움직이는 중에 개시와 동갑인 하녀 언년이 안채에서 배회하던 개시에게 다가섰다.

"뭐라고, 개똥!"

개시의 날카로운 목소리와 함께 싸늘한 시선이 언년에게 향했다.

"미안, 그만 나도 모르게…"

"나도 모르게라니. 네가 평소에 그런 마음을 가지고 있으니 부지불식간에 그런 소리가 나오는 게 아니냐!"

개시의 목소리가 더욱 올라가자 언년이 어쩔 줄 몰라했다.

"정말 미안해."

언년의 말소리가 가라앉는 동시에 눈물이 글썽거렸다.

"안 되겠다. 내가 그동안의 정리를 보아 너무 관대하게 대했더니 예전 버릇이 고쳐지지 않는구나. 그러니."

개시가 말을 멈추고 주변을 둘러보았다.

"그러니, 뭐?"

언년 역시 개시의 시선을 따라 주변을 둘러보다 개시의 입을 주시했다.

"이후로는 나에 대해 아씨라 호칭하도록 해!"

언년이 어리둥절한 표정을 지으며 개시를 주시했다.

"뭐 하는 거니, 아씨라 부르라고 해도!"

"아…."

언년의 말소리가 말려 들어갔다.

"아, 뭐! 네가 정녕 치도곤을 당해봐야 정신 차리겠느냐, 천민 주제에!"

"아… 씨."

언년의 목소리가 기어들어가고 있었다.

"크게 말하지 못하겠니!"

개시의 불호령에 언년이 소리 내 '아씨'라 호칭했다.

"이번에는 내가 봐주지만 다음부터는 어림없으니 그리 알아!"

말과 동시에 싸늘한 표정으로 언년을 주시하던 개시가 고개 돌려 종종걸음으로 안채를 나섰다. 오래지 않아 사랑채에 이르자 가희가 옷매무시하고 천천히 들어섰다. 그곳이 하인들의 움직임으로 분주했다.

개시가 그들 틈에 있는 아버지에게 다가섰다.

"아버지, 무슨 일이에요?"

"나도 잘은 모르겠는데 갑자기 귀한 손님이 방문할 것이라 하더구나."

"귀한 손님이요?"

반문한 개시가 주변을 둘러보았다. 바쁘게 움직이는 하인들과 조금 떨어진 지점에서 이 씨 부인과 이첨이 마주 보고 대화를 나누고 있었다. 이첨과 대화를 나누던 이 씨가 개시의 출현을 알아채고 그리로 오라는 손짓을 보냈다.

"부인, 치장시키지 말고 이대로 준비하도록 함이 어떻소?"

개시가 가까이 다가서자 이첨이 유심히 바라보았다.

"이대로요?"

이 씨가 이첨과 개시를 번갈아 바라보며 잠시 생각에 잠겨 들었다.

"무슨 특별한 이유라도 있습니까?"

"너무 자연스럽지 않소."

이첨의 말에 이 씨가 다시 생각에 잠겨 들었다.

"하기야 그런 환경에서 사시는 분의 입장에서 살피면 이대로가 훨씬 새롭게 비칠 수 있겠네요."

"바로 그렇소. 그러니 이 아이 목욕이나 시키고 수수한 차림으로 시중들게 하도록 함이 이로울 듯하오."

이첨의 말에 이 씨가 고개를 끄덕이고 개시에게 따라오라 하고 안채로 이동하기 시작했다. 걷는 동안 개시가 생각에 잠겨 들었다. 두 사람의 이야기를 빌면 귀한 손님이 방문할 예정인데 그 손님의 시중을 자신으로 하여금 들도록 한다는 내용이었다.

그런데 과연 그 손님이 누구일까 하는 호기심이 찾아들었다. 두 사람의 행동으로 보아 이첨보다는 중요한 사람으로 여겨졌다. 혹시라도 조정의 중요한 분이 찾아오는 게 아닌가 하는 생각 역시 떠올랐다.

이 씨가 안채에 도착하자 그 순간까지 멍한 상태에서 그곳에 머물던 언년에게 빨리 물을 데우라 지시하고 개시와 함께 방으로 들어갔다. 이 씨가 옷장을 열고 구석에 놓여 있던 흰색 바탕의 옷을 꺼내 들었다.

"내가 아이들을 가지기 전 입었던 옷인데 한번 입어 보거라."

개시가 잠시 옷을 몸에 대보았다 자신의 옷을 벗고 입어보았다. 다소 헐렁한 느낌이 일어났다. 이 씨가 그를 알아차렸는지 살짝 미간을 찡그렸다.

"혹시 네 옷 중에서 입을 만한 게 없느냐?"

"소녀 옷이라고 해봐야…."

그다음 말은 하지 않아도 뻔했다. 그를 감지한 이 씨가 한숨을 내쉬며 개시가 벗어놓은 옷을 개시의 몸에 대보고 실과 바늘을 준비했다.

"아직 시간 여유가 좀 있으니, 이 옷을 네 몸에 맞추어 대충 줄여놓을 테니 나가서 목욕하거라."

그러마 하고 밖으로 나서 부엌으로 들어서자 언년이 물을 데우고 있었다. 개시가 등장하자 언년이 급히 몸을 움직여 구석에 있던 커다란 함지박을 가져와 부엌 한가운데에 놓았다. 개시가 그를 살피며 솥뚜껑을 열고 손을 넣어보았다.

물이 알맞게 데워졌다 판단한 개시가 언년에게 물을 함지박에 부으라 하고 옷을 벗고 몸을 물에 담갔다. 뒤에서 언년이 등에 물을 끼얹고 있었다. 가만히 고개 숙이고 물이 주는 달콤함에 빠져 있을 무렵 물색이 발갛게 변하는 모습이 시선에 들어왔다.

순간 개시가 아차 했다. 월경이 나타나고 있었다. 그를 살피며 한숨을 내쉬는 중에 언년이 무슨 일인지 확인하겠다는 듯 앞으로 시선을 주자 한눈에 보아도 티가 날 정도로 물색이 발갛게 변하고 있었다.

순간적인 갈등이 일어났다. 그 상태로 중요한 분의 시중을 들 수 있겠느냐의 문제였다. 그러기를 잠시 후 슬그머니 어금니를 깨물었다. 무슨 수를 써서라도 일을 성사시켜야겠다는 생각이 일어났다.

"무얼 그렇게 보고 있니. 어서 가서 솜이나 가져오지 않고!"

"갑자기 솜이 어디 있다고…"

"너는 이불도 안 덮고 자니. 가서 네 이불을 뜯어서 가져오란 말이야!"

언년이 뭐라 대꾸하려다 방금 전 일을 생각한 듯 곧바로 밖으로 나섰다. 잠시 생각에 잠겨 들었던 개시가 급히 함지박 밖으로 나서서 아직 월경이 섞이지 않은 물을 솥으로 옮겼다. 그러기를 잠시 후 홀로 묵은 때를 밀어내기 시작했다.

언년이 솜을 가지고 돌아오자 개시가 자리에서 일어나 바가지로 솥에 있는 깨끗한 물로 온몸을 헹구어내고 수건으로 물기를 닦아냈다. 이어 그 수건을 알맞게 말아 자신의 생식기에 집어넣었다.

잠시 후 생식기 안에 들어 있는 수건을 뽑아내고 언년에게 건네받은 솜 일부를 떼어내어 생식기 안을 샅샅이 훑어냈다. 어느 정도 시간이 흐르자 개시가 자신의 치마 하단을 이빨로 얇게 찢어내어 솜을 감싸고 다시 생식기 안으로 조심스럽게 밀어 넣었다.

그리고는 아무 일도 없다는 듯이 옷을 걸치고 밖으로 나서 방으로 들어서자 이 씨가 방금 수선을 마친 옷을 개시에게 건넸다. 건넨 옷을 몸에 맞추어 본 개시가 그곳에서 대기하라는 이 씨에게 정중하게 양해를 구하고 옷을 들고 자신의 거처로 발길을 옮겼다.

가는 길에 언년에게 방금 본 상황에 대해 함구하라는 준엄한 명령을 잊지 않았다. 아울러 안채에서 꼼짝하지 말고 대기하고 있다 안방마님이 자신을 찾으면 지체 없이 전달하라는 명 또한 곁들였다.

자신의 방에 들어선 개시가 급하게 이불을 뜯어 깨끗한 솜을 한 움큼 뜯어냈다. 이어 자신의 생식기 안에 있던 솜뭉치를 꺼내고 다시 깨끗한 솜으로 닦아냈다. 그러기를 여러 차례 반복하는 중에 언년으로부터 사랑으로 들라는 전갈을 받았다.

개시가 다시 솜으로 정성 들여 생식기 안을 닦아내고 색깔 있는 천으로 솜뭉치를 감싸 자신의 생식기 안으로 밀어 넣고, 이 씨가 전해준 옷으로 갈아 입고는 크게 한숨을 내쉬고 천천히 방문을 열고 나섰다.

"손님이 누구시라고 하던?"

"내가 어떻게 그걸 알 수…."

개시가 상냥한 표정을 지으며 말문을 열자 언년이 당황한 모양으로 말끝을 흐렸다. 그런 언년의 얼굴을 바라보다 천천히 사랑채 가까이 이르자 허리에 칼을 찬 여러 사람이 삼엄하게 경계를 서고 있었다.

그들의 모습을 바라보자 몸이 순간적으로 굳어갔다. 잠시 심호흡하고 애써 그를 무시하고 사랑방에 가까이 다가서자 이 씨가 기다리고 있었다. 잠시 개시의 외관을 살피던 이 씨가 안을 향해 이첨을 찾았다.

잠시 후 이첨이 방문을 열고 개시로 하여금 안으로 들라 일렀다. 순간 방문 틈 사이로 산해진미로 가득 채운 상 그리고 그 앞에 앉아 있는 준수한 남자의 얼굴이 시선에 들어왔다. 한눈에 살펴도 얼굴에서 귀티가 절로 흘러나왔다.

개시가 순간적으로 고개 숙이고 방으로 천천히 들어섰다.

"어서 세자저하께 절을 올리거라."

이첨의 음성이 조금은 떨리고 있었다. 개시 역시 가슴이 두방망이질 해대기 시작했고 그 자리에 목석처럼 굳어 있었다.

"저하께 인사 올리라 해도!"

다시 이첨의 낮지만 분명한 목소리가 귓전에서 맴돌았다. 그에 따라 개시가 흡사 정신 나간 사람처럼 본능적으로 큰절을 올리기 시작했다. 잠시지만 세상의 모든 일이 정지된 듯했다.

"자리하도록 하거라."

간신히 예를 마치자 청아한 목소리가 귓전에서 웽웽거렸다. 개시가 남들 모를 정도로 심호흡하고 자리 잡았다.

"소녀, 김개시라… 하옵니다."

개시 자신은 당당하게 말하려 했으나 떨림은 어쩔 수 없었다. 그와 달리 개시를 주시하는 왕세자 이혼(광해군)의 얼굴에는 미소가 가득했다.

"저하, 마음에 드시옵니까?"

"성에 차고 말고를 떠나 신선한 느낌이 일어나오."

순간 개시의 표정이 시무룩하게 변해 갔다.

"왜 표정이 그러느냐?"

"저하, 송구하오나 모든 백성은 이렇게 살아가고 있습니다. 그런데…."

"그 말인즉?"

개시가 대답하지 않고 침묵을 지켰다. 순간 이첨의 표정이 곤혹스럽게 변해 갔다.

"결국 내가 사는 방식이 잘못되었다는 이야기로구나."

순간 혼이 호탕하게 웃음을 터트렸다.

"저하, 용서하여주시옵소서."

"용서가 무어란 말이냐. 지금 너로 인해 내가 중요한 사실을 알게 되었느니라. 정작 중요한 건 백성들인데 그를 미처 헤아리지 못했으니 실로 내 불찰이 적다 하지 않을 수 없구나."

"송구합니다, 저하."

이첨이 개시 대신 말을 이었다.

"아니요, 전혀 송구할 일이 아닙니다. 그건 그렇고 개시라 했느냐, 이리 가까이 올 수 있겠느냐?"

혼이 얼굴 가득 미소를 머금고 팔을 들어 자신의 옆자리를 가리켰다. 개시가 잠시 머뭇거리다 혼의 표정을 살피고 곁에 자리했다.

"네 나이 지금 몇인고?"

"열다섯이옵니다."

혼이 열다섯을 되뇌며 개시의 손을 잡았다.

"내가 자네에게 부탁해도 되겠느냐?"

"부탁이라니 당치 않으십니다. 그저 해라만 하시면 소녀 신명을 다하여 받들 일이옵니다."

"그러면 오늘 밤 내 수청을 들어줄 수 있겠느냐?"

요부 김가희

개시가 잠시 수청을 되뇌다 이첨에게 시선을 주었다. 이첨이 가만히 고개를 끄덕였다.

"저하, 이 조선 산하의 모든 것이 저하의 소유이온데 어찌 거부할 수 있겠사옵니까."

혼이 잔잔한 미소를 머금으며 개시의 얼굴을 살펴보았다.

"그러면 흔쾌히 응하겠다는 말이렷다."

"하오나…."

순간 월경 중인 자신의 상황을 떠올렸다.

"마저 말해 보거라."

"모름지기 주인은 자신의 소유물을 마음대로 취할 수 있으나 또한 반대로 그에 대한 책임 역시 져야 한다 생각하옵니다."

"참으로 맹랑한 아이로고."

개시가 또박또박 말을 이어가자 혼이 잠시 혀를 차고는 호탕하게 웃어젖혔다.

측천무후

"어디 다시 한 번 보자꾸나."

이 씨 부인이 며칠 전부터 정성 들여 지은 옷을 개시에게 입게 하고 전후좌우를 살피고 있었다.

"마님, 너무나 감사해서…."

개시가 감정이 격해져 더 이상 말을 이을 수 없었다.

"다 네 복이야. 그러니 너무 미안해하지 말거라."

"이 은혜 길이 잊지 않으렵니다."

"은혜라니, 그러면 개시는 이 집을 떠나는 일이 그렇게 좋다는 말이냐?"

이 씨가 순간적으로 말소리를 높이자 개시가 의아하다는 표정을 지으며 바라보았다. 이 씨 얼굴에 드리워진 은근한 미소를 살피며 즉각 농임을 알아차린 개시가 슬그머니 이 씨의 품으로 들어갔다.

"자, 이제 마님께 인사드리러 가야지."

잠시 개시를 품에 안고 있던 이 씨가 앞서서 방을 나서자 개시가 그 뒤를 따랐다. 방을 나서자 저만치 담장 가까이서 언년이 바라보고 있었다. 그녀의 모습을 확인한 개시가 은근한 눈길을 주었다.

사랑채에 이르자 아버지 만덕이 마당에서 기다리고 있었다. 개시가 만덕에게 다가가 투박한 손을 잡았다.

"어서 주인마님께 인사드려야지."

만덕의 눈가에 눈물 자국이 흐릿하게 드러났다.

"아버지, 제가 한잔 올릴게요."

개시가 소박하지만 정성스럽게 상을 마련하고 만덕과 저녁 자리를 함께했다.

"이제 내일이면 이별이구나."

만덕이 잔을 들며 힘없이 말을 이었다.

"이별이라니요, 자주 찾아뵐 터인데요."

개시가 만덕의 잔에 술을 따르기 시작했다. 개시의 손이 미세하게 떨리고 있었다.

"모르긴 몰라도 궁궐이 그렇게 호락호락하게 시간을 낼 수 있는 곳은 아닌 걸로 알고 있다."

"물론 처음이야 그렇겠지만, 시간이 흐르면 여유가 생길 수 있잖아요."

"글쎄다, 궁궐 상황이 우리 마음대로 이루어지는 게 아니지 않니."

힘없이 말을 이은 만덕이 술잔을 비우고 여운인지 한숨인지 길게 숨을 내쉬었다. 그를 살피던 개시가 전을 들어 만덕에게 건넸다. 잠시 개시의 얼굴을 바라보던 만덕이 전을 받아 입에 넣었다.

"이제 저마저 떠나면 아버지는 어쩌시렵니까?"

"차후 천천히 결정해야겠지."

만덕의 면천 사실을 돌려 이야기하고 있었다. 만덕에게는 실직에 불과한 면천이, 개시의 앞날을 위해 이루어진 그 결과물로 개시가 떠나고 나면 어찌 전개될지 모를 일이었다.

"아버지, 그 부분은 주인마님과 이야기를 나누었어요."

"네가? 주인마님과 말이지?"

"그래요."

개시가 순간적으로 미소를 보였다.

"마님께서 뭐라 하시던?"

"아버지 뜻에 따라주시기로 하셨어요. 그리고 훗날…."

"훗날 뭐냐?"

만덕이 급했는지 개시의 말을 잘랐다.

"제 형편이 풀리면 그때 독립해도 된다 했어요."

말을 마친 개시가 다시 만덕의 빈 잔을 채웠다.

"그런데 네가 이 집안을 위해 아니, 주인마님께 이용당하는 게 아닌지 하는 의심이 드는구나."

"무슨 말씀이신데요?"

"우리야 그렇지만 밖에서들 쉬쉬하며 말들이 많아. 주인마님이 절대 남에게 공짜로 은혜를 베푸는 사람이 아니라고 말이야."

"저도 실은 그런 이야기 들었어요. 그런데 서로 이용하고 또 그로 인해 서로 이득을 볼 수 있다면 좋은 일 아닌가요?"

"그야 그렇지만 영 마음이 편치 않구나."

요부 김가희

잔을 만지작거리던 만덕이 곧바로 잔을 비워냈다.

"아버지, 그런데 궁금한 일이 있어요."

"뭔데?"

"어머니와 관련해서인데, 아버지는 제게 저를 낳다 돌아가셨다고 했는데 남들이 쉬쉬하며 하는 말들이 다른 듯해서요."

"뭐라고들 하는데!"

"어머니가 다른 남자와 바람이 나서 도망갔다고 그러던데요."

"누가 그런 쓸데없는 소리를 하던!"

갑자기 만덕의 목소리가 올라갔다.

"그러면 아닌가요?"

"당연하고말고. 못된 놈들이 네 어미를 욕보이려고 그런 모양이야. 이 아비가 직접 매장까지 했건만."

"그런데 아버지는 왜 저를 데리고 한 번도 찾아보지 않으셨어요?"

만덕이 천장이 내려앉아라 한숨을 내쉬었다.

"우리 형편상 산소를 쓸 처지가 되지 않아서 그냥 야산에 매장해서 그래. 산소를 쓸 땅 한 떼기 없었던 이 아비의 죄지."

"그러셨군요."

개시가 만덕의 손을 잡았다.

"여하튼 궁에 들어가면 건강에 각별하게 신경 쓰거라."

그러겠다고 대답하는 개시의 눈가가 촉촉해졌다.

만덕을 뒤로하고 이 씨와 사랑에 들자마자 개시가 이첨에게 큰절을 올렸다.

"안방마님으로부터 이야기 들었느냐?"

"아니에요, 당신이 해주어야 할 듯해서 이야기하지 않았어요."

이 씨가 대신 답하자 개시가 이첨의 입을 주시했다.

"네가 들어가는 곳은 동궁전으로 그곳에서 왕세자 저하의 아드님을 보살피는 일을 맡게 될 것이야."

"동궁전이라면?"

"그렇소. 전하께서 계신 정릉동 행궁 내에 있소."

정릉동 행궁은 정릉동에 있었던 별궁을 지칭한다. 정릉은 태조의 계비인 신덕왕후의 무덤으로 원래는 그곳에 있었는데 태종 시절 현 성북구로 이장되었다. 하여 현재 덕수궁 일대를 정동이라 지칭하고 있다. 아울러 정릉동 행궁은 광해군 시절 경운궁으로 이어 고종 시절 고종의 장수를 빈다는 의미에서 덕수궁으로 바뀌었다.

이 씨와 이첨의 이야기를 들으며 개시가 정릉동 행궁을 되뇌며 살짝 찡그렸다.

"왜 그러느냐?"

"소녀는 세자저하를 모시지 않을까 생각하고 있었습니다."

"그게 그거 아니겠느냐. 아니, 한편 생각해 보니 오히려 그편이 네게 이로울 수 있겠다 싶구나."

"이 아이에게 이롭다니요?"

이첨이 이 씨와 개시의 얼굴을 번갈아 바라보았다.

"문득 중국의 당나라 시대 때 측천무후란 여인이 생각나는구려."

"느닷없이 측천무후라니요?"

"중국 역사에서 유일무이하게 황제로 등극하는 여인인데 그 과정을 살펴보면 상당히 흥미롭다오."

개시가 눈을 깜박이며 측천무후를 되뇌었다.

"마님, 그분이 어떤 여인인데요?"

"간략하게 이야기해 주마. 그 여인은 당나라 시절 태종의 후궁이었는데 태종이 사망하고 그 아들인 고종이 보위에 오르자 황후가 되었지. 그리고 고종이 사망하자 스스로 황제의 자리에 오른 여인이야."

"황제의 자리요!"

개시가 다시 눈을 깜박이며 황제를 되뇌었다.

"이야기인즉 왕세자께서 보위에 오르면 그 아드님께서 세자에 책봉될 것이고 또 그분이 후일 왕의 자리를 이어받게 되어있으니 너로서는 오히려 그편이 한결 유리해 보이는구나. 그리고…."

"그리고 뭐요?"

이 씨가 개시의 마음을 읽은 모양으로 대신 말을 이었다.

"저하의 아드님을 모시는 일은 다른 사람들의 시선을 의식한 그저 명목상 처사이고 실질적으로는 세자저하를 모시게 될 거야."

"구체적으로 말씀해보세요."

"이 자리에서 세세하게 말하기는 그렇고. 여하튼 저하께서 이 아이를 상당히 중히 여기실 듯한 감을 받았소."

이 씨가 개시의 상기된 표정을 찬찬히 바라보았다.

"그러니까 저하께서는 자신의 대를 이을 아드님과 이 아이의 관계를 원만하게 이루어 오래도록 가까이 두시려는 의도라는 말씀이십니다."

"바로 그런 의미요."

"소녀, 조금도 마님의 은혜를 소홀히 하지 않을 것입니다."

"당연히 그리해야 할 일이야."

이 씨 역시 표정이 상기되어 있었다.

"찬찬히 생각해 보니까…."

"마저 말씀하세요."

이첨이 뜸을 들이자 이 씨가 재촉했다.

"한편 생각하면 오래 살아남는 방법도 삶에서 중요한 부분이 될 수 있다는 생각이 드는구려."

"이 아이가 한 임금에서 끝나지 않고 대를 이어 보필하는 일이 이롭다는 말씀이네요."

"바로 그런 이야기요. 어쩌면 개시는 후일 궁궐에서 실세의 자리에 오를 수도 있다는 말이오."

이 씨가 부러운 듯한 표정을 지으며 개시를 바라보자 개시가 얼굴을 붉히며 슬그머니 고개 숙였다.

"그건 그렇고 이 아이에게 더 해줄 말은 없는가요?"

이첨이 잠시 생각에 잠겨 들었다 개시를 주시했다.

"내가 하나만 더 이야기해 주어야겠소. 바로 개시가 맞이하는 저하의 아들인 이지李禔에 관해서요."

"무슨 문제라도 있나요?"

"문제라기보다, 저하의 첫아들과 둘째 아들 그리고 넷째 아들이 태어난 지 얼마 되지 않아 사망하였소. 그래서 저하께서 이 아드님에 대해 각별하게 신경 쓰고 있다는 점을 상기시켜주려 하오."

"그만큼 이 아이의 책임이 막중하고 또 그 일을 맡길 정도로 이 아이에 관한 관심이 높다는 말씀이시네요."

"그러니 개시도 각별하게 유념하도록 하고 이제 길을 떠나도록 하거라. 그 길에 당신이 수고 좀 해주어야겠소."

"그야 당연한 일이지요."

이 씨의 표정이 상기되었음을 살핀 개시가 두 사람을 번갈아 바라보다 자리에서 일어나 한 걸음 뒤로 물러나 두 사람에게 큰절을 올렸다.

이첨의 시선을 위로하고 두 사람이 방을 벗어나자 만덕이 사랑채 뜰을 어슬렁거리다 정색하고 맞이했다.

"아버지도 함께 가시나요?"

"아니다, 이 아비는 여기서 작별하마."

개시가 다가가 만덕의 손을 잡았다.

"가능한 한 이른 시간에 찾아뵙도록 할게요."

"너무 무리하지 말거라."

개시가 눈시울을 붉히며 힘없이 만덕의 손을 놓고 이 씨의 뒤를 따르자 다른 남자 하인이 개시의 물건을 들고 뒤를 따르기 시작했다. 개시가 집을 벗어나 뒤를 돌아보았다. 저만치서 만덕이 손을 흔들고 있었다.

애틋한 심정으로 잠시 그를 바라보다 고개 돌렸다. 저만치 앞에 마치 궁궐의 모습이 아니, 양팔을 벌리고 자신을 기다리고 있을 세자 혼의 모습이 그려지고 있었다. 그러기를 잠시 후 개시가 속으로 측천무후를 되뇌었다.

초야

"이름은?"

"김개시입니다."

"나이는?"

"열다섯이옵니다."

궁궐에 도착하여 이곳저곳을 둘러보고 저녁 무렵이 되자 이 씨 부인이 돌아갔다. 그와 동시에 개시는 동궁전의 책임 내관인 양제良娣에게 안내되었다. 간략하게 질의하던 양제가 가만히 개시의 머리부터 발끝까지 샅샅이 훑어보았다.

"열다섯이 정확한고?"

"그러하옵니다만. 왜 그러시는지…"

다시 개시를 훑던 양제가 고개를 주억거렸다.

"너무나 앳돼 보여서…. 여하튼 길게 이야기하지 않겠다. 김 나인의 경우는 저하의 특별 배려로 궁에 들어온 만큼 곧바로 빈궁마마께 안내할 테니 그곳에서 마마의 지시를 따르도록 하여라."

양제의 안내로 세자빈 유 씨의 처소로 안내되었다. 개시가 처소에 들자 세자빈이 얼굴 가득 미소를 머금으며 개시를 반겼다.

"저하께 이미 이야기 들은 바 있네. 자네가 그렇게 똑똑하다고 칭찬

51

이 대단하였다네."

"송구하옵니다, 마마."

잠시 흡족한 표정으로 개시를 바라보던 세자빈이 궁녀로 하여금 다과를 내오고 아들 이지를 데려오라 지시했다. 마치 준비되어 있었다는 듯이 곧바로 다과가 가득 담긴 상이 들어왔다.

"그렇게 서 있지 말고 편하게 자리하도록 하게."

개시가 다소곳하게 자리 잡고 세자빈을 바라보았다. 미소를 잃지 않고 있었지만, 얼굴에 옅은 그림자가 드리워 있었다. 그로 보아 요절한 아들들에 대한 세자빈의 마음고생을 어렵지 않게 읽어낼 수 있었다.

"저하도 그렇지만 나도 김 나인에 대한 기대가 크다네."

"소녀 목숨을 걸고 왕손님을 보필하겠사옵니다."

세자빈이 목숨을 되뇌며 살며시 웃음을 드러냈다.

"지금 지의 나이 일곱이니 힘든 고비는 넘겼다고 보고 있어. 그러니 너무 심려 말고 차분한 마음으로 보살펴도 될 거야."

개시가 살며시 고개 숙였다.

"자, 그러지 말고 다과를 들며 천천히 대화 나누도록 하세."

개시가 상을 살피자 형형색색의 떡과 다식이 소복이 쌓여 있었고 그 곁으로 식혜가 놓여 있었다.

"처음으로 궁에 들어 여러모로 어색할 것이야. 그러나 김 나인 정도면 조만간에 궁궐 습성에 익숙해지리라고 보네."

"마마, 과찬이시옵니다. 소녀 너무나 부족하옵니다."

개시가 다시 고개 숙이는 순간 이지가 입실한다는 궁녀의 목소리가 들려왔다. 개시가 천천히 자리에서 일어나 문을 향해 고개 숙였다. 잠시 후 문이 열리며 이지가 들어섰다. 이지가 개시를 잠시 살피고 세자빈 옆에 자리했다.

"자리하도록 하거라."

세자빈과 이지를 번갈아 바라보던 개시가 이지를 향해 큰절을 올렸다.

"김 나인이 왕손님을 뵈옵니다."

예를 표한 개시가 자리하자 이지가 세자빈을 바라보며 미소 지었다.

"그 의미는 무엇인고?"

"뭐라고 말씀드릴 수 없어요, 어머니."

"왜?"

"너무나 생소해서요. 옷차림도 그렇고 얼굴에 화장도 하지 않고…."

"자세히 말해 보거라."

"어머니, 궁녀들의 얼굴에 바른 화장품 냄새가 가끔 역하고는 했거든요. 그런데 화장하지 않은 민얼굴을 보니 좋아요."

"그렇지만 여자는 화장해야 하는 거야."

"저, 마마!"

두 사람의 대화에 개시가 조심스럽게 입을 열었다.

"하고픈 말이 있으면 주저 말고 말하게."

"마마께서 허락해주신다면 외모는 이대로 유지했으면 하옵니다."

"그게 무슨 말이냐?"

"외모에 신경 쓰다 보면 제 본 업무에 자칫 소홀함이 있을까 염려되옵니다. 제 소임이 왕손님을 보필하는 일이라면 모든 일의 중심에는 왕손님이 계시어야 하고 또 왕손님의 심정이 가장 우선시되어야 할 일이옵니다."

"그래도 기본적인 치장은 해야 하지 않겠느냐?"

"소녀의 나이를 감안하면 아직은…."

"너의 의지가 가상하다만, 그 나이면 서서히 화장도 하고 외모에도 신경 쓸 터인데."

세자빈이 말을 멈추고 이지를 바라보았다. 이지가 흡족한 표정을 짓고 있었다.

"그렇게도 좋으냐?"

"그러면요. 그리고 또."

"또 뭐냐?"

"나이가 저보다 훨씬 많아서 더욱 안심돼요."

"그건 이 어미도 동감이다."

개시가 다시 이지를 주시했다. 하얀 피부에 곱상하게 생긴 외모에서 왕의 기품을 느낄 수 있었다. 문득 이첨이 말했던 측천무후가 떠올랐다. 이지를 보면서 실제로 그녀가 될 수 있을 것이라는 예감이 찾아들었다.

설레는 마음을 억누르며 세자빈과 이지와 시간을 함께하고 어린 나인의 안내로 숙소로 들어가 짐 정리를 마치자 온몸에서 기운이 모두 빠져나가고 있었다. 며칠 전부터 마음속에 사로잡혔던 긴장감이 풀려

나가고 있던 때문이었다.

나른해진 몸을 방바닥에 눕힌 한순간 티가 날 정도로 커다란 발걸음 소리가 들려왔다. 가만히 귀를 기울여보았다. 분명 남자 그것도 내관이 아닌 당당한 위치를 점하고 있는 사람의 발소리가 틀림없었다.

갑자기 신경이 곤두서기 시작했다. 급히 자리에서 일어나 방 가운데에 자리 잡고 깊게 한숨을 내쉬고 아랫배에 힘을 주었다. 순간 방문이 열리며 세자인 혼이 만면에 미소를 머금고 들어섰다.

세자임을 확인한 개시의 가슴이 쿵쾅거렸다. 마치 그를 알고 있다는 듯, 개시의 쿵쾅거리는 가슴을 다잡아 주기라도 하듯 혼이 양팔로 개시의 허리를 감쌌다. 순간 혼의 입에서 술기운이 진하게 풍겨 나왔다.

"저하!"

혼이 온 힘을 다해 껴안자 개시가 호흡이 곤란한지 간신히 입을 열었다.

"내 자네와의 약속을 지키기 위해 왔노라."

말을 마친 혼이 다짜고짜 개시의 옷을 벗기기 시작했다.

"소녀 이제 세자저하의 소유이온데 이리도 급히 서두르실 필요가 있나요?"

"내 소유라!"

목소리를 높인 혼이 큰 소리로 웃더니 뒤로 물러나 속곳만 입고 있는 개시의 몸을 살피기 시작했다. 순간 개시가 그 상태로 큰절을 올렸다.

"소녀 정식으로 저하님을 보옵니다."

개시가 자세를 바로 하자 혼이 개시의 손을 이끌었다.

"저하, 자리를 펴올까요?"

"그럴 시간이 어디 있느냐. 오매불망 이 순간만을 기다렸건만."

"저하!"

부르는 개시의 표정이 간절했다.

"무슨 문제라도 있느냐?"

"아니옵니다. 소녀 그저…."

혼이 개시를 유심히 살펴보았다. 개시의 몸이 살짝 떨리고 있음을 감지한 혼이 개시의 속곳을 벗겼다. 이어 머리부터 발끝까지 개시를 훑던 혼의 시선이 가운데로 집중되었다. 잠시 고개를 갸우뚱하던 혼이 개시의 생식기에 손을 가져갔다.

"가만히 있어 보거라."

개시가 심하게 몸을 비틀자 혼이 야릇한 표정을 지으며 자신의 옷을 급하게 벗었다. 이어 개시를 자리에 눕히고 잠시 개시의 나신을 바라보다 거칠게 움직이기 시작했다. 잠시 후 혼이 누운 상태서 한숨을 내쉬고 개시를 바라보았다.

개시의 눈가가 물기로 촉촉했다. 그 눈물을 혼이 손으로 닦아주었다.

"네 주인을 맞이한 소감이 어떠한고?"

개시가 아무런 대답도 하지 않고 그 상태에서 애써 미소 지으며 자리에서 일어났다. 방바닥은 물론 개시의 정강이가 붉은색의 액체로 흥건하게 젖어 있었다. 혼이 개시의 시선이 향하는 곳을 주시했다.

그를 살핀 개시가 부끄럽다는 표정을 지으며 곁에 널브러져 있던 자신의 옷으로 그 흔적을 지우려 했다. 순간 몸을 일으켜 세운 혼이 개시의 손을 잡았다.

"아니다, 잠시 후에 닦도록 하거라."

말을 마친 혼이 개시를 안아 들고 옆으로 자리를 이동해 개시를 자리에 눕혔다. 그 상태서 개시의 생식기 주변을 손으로 쓸었다.

"저하, 부끄럽사옵니다."

"부끄럽다니 그 무슨 소린고. 내가 주인으로서 합당하지 않다는 말이냐?"

"그게 아니라…. 저하의 옥체를 더럽혀서…."

개시가 바라보는 곳으로 시선을 돌리자 혼의 가운데뿐만 아니라 그 주변이 붉게 물들어 있었다.

"이는 우리 둘이 최초로 하나 됨을 표시하는 증표 아니겠느냐. 그런데 무엇이 부끄럽다는 말이냐."

혼이 은근한 투로 묻자 개시의 눈에서 다시 눈물이 흘러내렸다. 혼이 자세를 낮추어 개시를 힘주어 끌어안았다. 잠시 후 개시의 어깨가 들썩이기 시작했다.

"허허, 왜 그러느냐?"

"너무나 행복해서… 이제 제 자리를 찾지 않았나 하는 생각 때문에 소녀도 모르게…. 그리고 이 행복감이 어찌 될지…."

"개시야!"

"말씀 주세요, 저하."

"너와 나 비록 시작은 함께하지 못했지만, 그 끝은 반드시 함께할 것이야!"

천생연분

"저하께서 찾으시니 어서 가보세요."

그날도 세자의 아들인 이지의 곁에 머물다 저녁 무렵이 되어 숙소로 발길을 옮기는 중에 조 나인이 곁으로 다가섰다.

"저하께서 왜 나를 찾으실까?"

개시가 은근한 표정을 지으며 조 나인을 바라보았다.

"사람 너무 놀리시지 마세요. 그런데…"

"그런데 뭐?"

"그 비결 좀 알려줄 수 없나요?"

"무슨 비결?"

"저하께서 김 나인만 찾으시는 그 이유 말이에요."

"그걸 왜 내게 물어보나. 세자저하께 직접 여쭈어 봐야지."

가볍게 응수하고 침소로 들자 혼이 마치 오매불망 기다리고 있었다는 듯이 덤벼들었다. 개시가 미처 뭐라고 말할 겨를도 없이 곧바로 개시의 옷을 벗기고 혼 스스로 옷을 벗어 아무렇게나 팽개쳤다.

개시가 가만히 혼의 하는 양을 바라보며 죽은 듯 가만히 있었다. 잠시 후 혼이 개시를 자리에 눕히고 거세게 애무하기 시작했다. 잠시 혼의 행동을 살피던 개시가 슬그머니 미소 지으며 자신의 위에 있던 혼을 슬며시 밀쳐냈다.

순간 혼이 어리둥절한 표정을 지었다. 개시가 그 표정의 의미를 헤아리며 애교 섞인 미소를 보내며 혼의 몸에 올라타며 거칠게 뒤로 눕혔다. 그 몸 위로 나뭇잎이 땅으로 내려앉듯 개시의 몸이 기울었다.

잠시 심호흡하던 개시가 혼의 이마에 가볍게 입을 맞추고 입술로 혼의 맨살을 꼬집기 시작했다. 입술만이 아니었다. 양 입술 사이로부터 뜨거운 기운이 흘러나와 혼의 전신을 또한 이미 달구어진 자신의 나신으로 마찰을 일으켰다.

어느 한순간 혼의 코에서 뜨거운 김이 그리고 입으로부터 전율의 느낌이 서서히 흘러나오기 시작했다. 잠시 개시의 하는 양을 바라보던 혼이 그를 음미하겠다는 듯 가볍게 신음을 내뱉고 눈을 질끈 감았다.

"저하, 어떠세요!"

혼의 이마에서 시작하여 발가락까지 세밀하게 방문을 마친 개시가 혼의 발치에서 입을 조몰락거렸다. 혼이 반응하지 않자 개시가 고개 들어 혼의 얼굴을 바라보았다. 혼의 눈이 굳게 감겨 있었다.

"저하, 어떠셨냐고요?"

개시가 혼의 몸 위로 움직여 슬그머니 귀를 깨물자 그제야 정신이 돌아왔는지 혼이 눈을 떴다. 이어 길게 한숨을 내쉬고 양팔로 자신의 위에 가지런히 엎드려 있는 개시의 허리를 우악스럽게 끌어당겼다.

"이런 기분 어떻게 표현할까, 마치 구름에 올라타 앉아 세상을 바라보는 양…. 여하튼 너무나 좋았어."

콧소리를 내던 혼이 그 상태에서 상체를 일으켰다. 자세가 불편하였는지 혼의 가운데로 미세한 통증이 찾아들었다. 그를 감지한 개시가 즉각 자신의 몸을 뒤로 물려 혼의 다리에 자신의 엉덩이를 밀착시켰다.

"그런데 이거…"

혼이 잠시 전 맛보았던 황홀함으로 힘을 잃고 스러진 자신의 가운데를 바라보며 가볍게 한숨을 내쉬었다. 의미를 간파한 개시가 생식기로 슬금슬금 혼의 가운데를 어루만지기 시작했다.

그러기를 얼마 후 혼의 가운데가 언제 그랬냐는 듯 성깔을 부리자 개시가 양팔로 혼의 목을 두르고 자신의 생식기를 부드럽게 밀어 넣었다. 혼의 입이 자연스럽게 개시의 가슴으로, 양팔은 가녀린 개시의 허리를 감쌌다.

개시가 부드럽게 또 힘차게 엉덩이를 들썩이자 어느 한순간 개시의 콧구멍이 조금씩 벌어지고 있었다. 바로 그 순간 뜨거운 기운이 혼의 가운데로 휘몰아치기 시작했고 그 여운이 혼의 다리를 타고 바닥으로 흘러내렸다.

"저하, 훨씬 부드럽지요."

콧소리를 내며 동작을 반복하던 개시가 조금 사이를 두고 한가운데로 시선을 주었다. 혼 역시 가볍게 신음을 내뱉으며 개시의 시선이 향하는 곳을 바라보았다. 서로의 몸이 견고하게 이어져 있는 모습이 시선에 들어왔다. 유심하게 그곳을 살피던 혼이 길게 한숨을 내쉬었다.

"왜 그러세요, 저하."

개시가 콧소리를 내지르며 부드럽게 혼의 머리를 앞으로 당겼다. 자연스레 개시의 아담한 가슴에 혼의 입이 마주했다.

"이런 자네를 어떻게 보낸다는 말인가."

"그런데 전하께서는 어찌 소녀를 알고 계시는지요?"

개시는 며칠 전 혼으로부터 부왕인 선조가 개시를 한번 보겠다는 말을 전해 들었던 터였다.

"이 모두 중전의 계략이지 계략."

"계략이라니요?"

"중전이 나를 엿 먹이기 위해, 내가 가장 소중히 여기는 너를 빼앗아 가려는 게 아니냐."

"그래서 어떻게 하시기로 하셨어요."

"조만간에 선을 보이겠다 하였네."

말을 마침과 동시에 혼이 흡사 젖먹이처럼 거세게 개시의 가슴을 공략했다. 아파서인지 개시의 몸이 뒤로 젖혀지자 혼의 몸도 자연스레 앞으로 기울었다. 동시에 개시의 양팔이 혼의 목을 감쌌다.

"저하, 아직은… 알 수 없잖아요."

개시가 중간중간 가벼운 신음을 내뱉자 혼이 머리를 들었다.

"아바마마께서 자네의 진면목을 눈치채지 못하실 것 같은가?"

"진면목이라니요?"

"허허, 이 사람이."

정말 모른다는 듯이, 그 사유를 알려달라는 듯이 개시가 혼의 목을 두른 양팔에 힘을 주었다. 그와 동시에 다시 가운데에서 뜨거운 기운이 감지되고 있었다.

"바로 이런 거 말이야. 순간순간 조여 주는 맛도 그렇지만, 이열치열이라고 개시가 불같이 뜨거운 액을 뿜어내 화로 같은 이걸 식혀주고…."

마치 그 맛을 음미하듯 혼이 잠시 말을 멈추고 침을 삼켰다.

"그리고요?"

"그로 인해 사정하지 않고 밤새 자네와 사랑을 나눌 수 있지 않은가."

"그야 저하께서 워낙 강인하시기 때문이지요."

"자네가 그리 만들어 주는 게 아니고."

개시가 대답 대신 입을 혼의 입에 포갰다. 이어 혀를 혼의 입으로 넣어 곳곳을 애무하기 시작했다. 마치 그게 신호라도 된 듯이 혼이 개시의 엉덩이를 힘차게 끌어당겼다. 순간 혼의 입에서 놀던 개시의 혀가 혼의 입에서 이탈했다.

"저하, 오늘은 제 속에 듬뿍 사랑을 넣어 주세요."

콧소리를 멈춘 개시가 혼의 몸에서 벗어나 뒤로 돌아 엎드렸다. 의미를 헤아린 혼이 천천히 몸을 일으켜 양손으로 개시의 엉덩이를 잡고 자신의 가운데를 개시의 좁디좁은 절벽 사이에 맞추고 천천히 밀어 넣었다. 동시에 개시도 자신의 엉덩이를 한껏 들어 올려 보조를 맞추었다.

서서히 살과 살이 부딪는 소리가 일어나고 두 사람이 거친 숨을 몰아쉬는 한순간 개시의 항문이 파르르 떨렸다. 그 의미, 개시가 절정에 다다르면 항상 보였던 증상임을 알고 있던 혼이 더욱 거세게 몰아붙였다.

그러기를 잠시 후 두 사람의 입에서 동시에 깊은 한숨이 흘러나왔다. 이어 엎드린 개시의 몸으로 혼의 몸이 무너져 내렸다.

 "저하, 어떠했어요?"

 엎드린 상태에서 개시가 고개 돌렸다. 혼이 대답에 앞서 잠시 생각에 잠겨 들었다 개시의 귀를 가볍게 깨물었다.

 "정말 그렇게까지 해야 할까?"

 "저하, 무슨 나약한 말씀을!"

 혼이 동문서답하자 개시가 자세를 바로 하며 혼을 밀쳐내고 상체를 일으켜 세웠다. 혼이 어리둥절한 표정을 지으며 갑자기 싸늘하게 변한 개시를 주시했다.

 "저하, 정말로 저하의 염려대로 일이 그리 흘러간다면… 우리가 살기 위해서는 감내해야 하지 않을까요?"

 혼이 대답하지 않고 저도 몸을 일으키며 무겁게 한숨을 내쉬었다. 이어 아직도 싸늘한 표정을 짓고 있는 개시를 감쌌다.

 "내가 왜 그를 모르겠나."

 "하오면?"

 혼이 다시 한숨을 내쉬고 양팔에 힘을 주었다. 개시가 가늘게 신음을 내뱉으며 혼의 목을 감쌌다.

 "저하께서는 혹시 소녀의 몸만 사랑하시는 게 아닌지요?"

 "무슨 말을 그리하나. 몸보다 마음이 먼저 아닌가!"

 궁색했던지 혼의 목소리가 슬그머니 올라갔다. 개시가 미소를 머금으며 손가락으로 혼의 가슴에 원을 그리기 시작했다.

"어떤 상황에 처하더라도 소녀는 항상 이곳에 있다는 사실을 잊지 마세요."

"당연하지. 어찌 내가 잊을 수 있겠나."

혼이 개시를 껴안은 상태서 몸을 눕히고 곁에 바짝 밀착했다.

"개시야!"

잠시 침묵을 지키던 혼이 개시의 귓불을 부드럽게 물며 귀에 입김을 불어 넣었다.

"말씀하세요, 저하."

"그저…"

"그저 뭔가요?"

"너무나 사랑한다는 말밖에는 지금으로서는 할 말 없네."

말뿐만 아니라 혼의 표정이 침울하게 변해 갔다.

"저하, 이렇게 생각해 보세요."

"어떻게?"

"저뿐만 아니라 이 조선을 온전히 가지기 위해 잠시 떠나있다고요."

"언제고 이렇게 말이지."

혼이 표정을 밝게 하고 가슴을 만지고 있는 개시의 손에 자신의 손을 포갰다.

"당연하지요, 저하."

"그런데 말이야."

"말씀하세요."

"개시의 매력이 뭔가 궁금해서."

"저하께서 말씀해주셔야지요."

"이상하게도 개시와 사랑을 나누면 힘이 절로 솟는단 말이야."

"소녀 생각으로는 저하께서 정말로 사랑해주셔서…."

"그보다도 나는 개시가 가끔 나의 일부가 아닌가 싶은 생각이 일어나고는 해. 그러니 끊임없이 찾고, 그러면서 진정한 포만감을 얻고. 그래서 천생연분이란 말이 생겨난 게 아닌가 싶네."

"자세하게 말씀해주세요."

개시가 호기심 가득한 표정을 지으며 혼의 입을 주시했다.

"개시는 궁합의 의미를 아나?"

"그거야 남녀 간에…."

개시가 말하다 말고 혼의 입에 입을 맞추었다 뗐다.

"그리고?"

"다음은 저하께서 말씀해주세요."

혼이 가볍게 개시의 손을 잡고 있는 손에 힘을 주었다.

"궁합에는 겉궁합과 속궁합이 있는데, 겉궁합은 남녀 사이에 육체의 조화를 속궁합은 두 사람의 마음의 조화를 의미하지."

"혹시 그 반대 아니에요?"

개시가 눈을 깜빡였다.

"흔히들 그리 생각하는데 드러나는 부분은 겉으로 그리고 보이지 않는 부분은 속이라 지칭해야 옳지."

"그런데요?"

개시가 잠시 생각에 잠겨 들었다 고개를 끄덕였다.

"그런데는 뭐가 그런데야. 우리를 살펴보면 되지."

"그러니까 저하와 저는 속과 겉이 모두 하나라는 말이네요."

"바로 그 이야기야. 그런데 남녀의 만남에서 두 개의 궁합이 동시에 맞아떨어지는 경우는 흔치 않지. 그래서 그런 경우를 두고 천생연분이라 하는 거야."

개시가 얼굴 가득 미소를 머금고 천생연분을 되뇌었다.

김가희

아침나절에 동궁이 분주하게 움직이고 있었다. 혼의 아들 이지가 할아버지인 왕 선조(사후 선종으로 불리다 광해군 9년인 1617년 선조로 시호 변경되었음)를 알현하기 위함 때문이었다.

2년 전에 공주를 잉태한 인목 왕비가 회임하였다는 소식을 접한 선조가 손자가 보고 싶다며 며칠 전에 기별을 주었었다. 아울러 그 길에 개시 역시 함께 들라는 중전의 말을 전해왔다.

혼이 중문을 나서자 세자빈인 유 씨가 아들 지와 개시와 함께 모습을 드러냈다. 그들의 모습을 확인한 혼이 세 사람을 찬찬히 훑으며 다가갔다.

"김 나인이 수고해주어야겠네."

혼이 애틋한 표정을 지으며 개시를 바라보았다.

"당연한 일이옵니다, 세자저하."

개시가 공손하게 고개 숙였다.

"그런데 부인은 가지 않아도 괜찮겠소?"

"우리 지가 이제 사내대장부가 다 된 걸요. 그리고 김 나인이 곁에 있지 않습니까."

세자빈이 흡족한 표정을 지으며 지를 바라보자 이제 여덟 살이 된 지가 은근히 가슴을 으쓱거렸다.

"아버지, 조금도 걱정하시지 않아도 돼요."

"그래, 모름지기 사내란 몸이 건강해야 하는 법이야. 지식이야 남의 머리를 빌려 쓸 수 있지만 몸은 빌릴 수 없는 게거든. 그러니 항상 공부에 앞서 건강에 유의하도록 하거라."

"당연합니다, 아버지."

두 사람의 대화를 바라보던 세자빈이 가볍게 실소를 터트렸다.

"부인은 왜 그러오?"

"부전자전이란 말이 이래서 생긴 모양이다 싶은 생각이 들어 그럽니다."

"왜, 부인은 그게 싫소?"

"싫은 게 아니라 공부도 유념해야 하지 않을까 싶어 그러지요."

"물론 공부를 게을리할 수는 없소. 그러나 그 공부가 건강을 해쳐서는 안 된다는 말이오. 여하튼 김 나인이 수고 좀 하거라."

뭔가 말하려는 세자빈의 표정을 살피던 혼이 시선을 개시에게 주었다. 그 표정의 의미를 간파한 개시가 다른 나인들에게 눈짓을 주자 서둘러 길 나설 채비를 갖추었다. 지 일행이 서서히 걸음을 옮기자 혼과 세자빈이 일행의 뒤를 바라보았다.

지를 앞세운 개시 일행이 오래지 않아 대전에 이르렀다. 대전에 이르러 왕의 침소 가까이 다가서자 궁녀들이 종종걸음으로 다가와 지 일행을 맞이하였다. 궁녀들의 안내로 일행이 문 앞에 이르자 지밀상궁이 지와 함께 들려는 개시에게 눈짓을 주었다.

더 이상 나서지 말라는 의미였다. 개시가 그를 모른 체하고 지의 곁에

요부 김가희

바짝 가까이하자 상궁이 개시의 앞을 막았다.

"이제부터는 내가 모실 터이니 물러나게."

개시가 잠시 멈칫하고 지를 바라보다 상궁을 똑바로 바라보았다.

"무슨 말씀이신지는 잘 알겠습니다만, 전하께서 반드시 소녀로 하여 금 왕손님과 함께 들라는 명을 주신 것으로 알고 있습니다."

"누가 그러더냐?"

"물론 세자저하시지요. 그래서 제가 일부러 왕손님을 모시고 왔습니다."

개시가 힘주어 답하고 뒤따르는 나인들의 손에 들려 있는 물건을 주 시했다.

"저건 무엇이오?"

말씨가 훨씬 부드럽게 바뀌었다.

"왕손님으로 하여금 직접 할아버지 되시는 상감마마께 올리시라는 귀한 술과 안주들이옵니다."

개시가 한 마디 한 마디 똑 부러지게 대답하고 상궁의 얼굴을 바라 보았다. 잠시지만 상궁의 얼굴에 곤혹스러운 기운이 스쳐 지나갔다. 그 순간 개시가 지에게 바짝 붙어 팔을 잡고 부축했다.

"어서 안내해주시지요."

낮지만 단호하게 말하고 상궁의 얼굴을 빤히 주시했다. 가볍게 한숨 을 내쉰 상궁이 천천히 몸을 움직여 안을 향해 왕손이 도착하였음을 고 하였다. 곧바로 들이라는 말이 들려왔고 개시가 나인들의 손에 들려 있 는 물건을 상궁과 함께 나누어 들고 전으로 들어섰다. 저만치에 쉰네 살의 초로의 선조가 초췌한 얼굴로 들어서는 지 일행을 바라보고 있었다.

전에 들어서자마자 개시가 자신의 손에 들려 있던 물건을 뒤따르던 상궁에게 넘기고 지의 곁에 바짝 붙어섰다.

"할아버지께 절을 올리셔야지요."

의미를 알아챈 지가 천천히 몸을 숙이자 바로 곁에서 지의 손을 잡고 개시가 한껏 몸을 낮추었다. 순간 저고리 사이로 개시의 생동감 넘치는 가슴살이 뽀얗게 발산되어 선조의 시선을 끌고 있었다.

한순간 선조의 목구멍으로 마른 침이 넘어가는 모습을 느낀 개시가 조금도 머뭇거리지 않고 자신의 보조행위를 마치고 지의 곁에 고개 숙이고 나란히 자리 잡았다.

"내 귀여운 손자 이리 가까이 오너라."

손자 지를 부르는 선조의 목소리가 가늘게 떨렸다. 이어 할아버지와 손자의 정겨운 만남이 이어지자 개시가 곁에 놓여 있던 보자기를 조심스럽게 풀었다. 지를 가슴에 안은 선조의 시선이 개시의 일거수일투족을 주시했다.

"그런데 너는 누구냐?"

"할아버지, 김 나인은 저를 돌보아주고 있어요."

지가 대신 대답하자 개시가 동작을 멈추고 자세를 바로 하고 고개 숙였다. 순간적으로 혼이 말한 대목이 떠올랐다. 이 모든 일이 중전의 계책이라고. 그렇다면 정말 왕은 이러한 사실 모를까 하는 의심 역시 떠올랐다.

요부 김가희

"상감마마, 소녀 동궁전의 나인 김개시라 하옵니다. 비루한 이 몸 세 자저하의 명으로 왕손님을 보필하고 있사옵니다."

"개시라, 그런데 지금 그것은 무엇인고?"

"세자저하께서 왕손으로 하여금 직접 상감마마께 따라 올리라 보낸 술과 음식들입니다."

선조의 시선이 개시가 풀고 있던 보자기로 향했다. 아니, 보자기를 풀고 있는 개시의 앙증맞은 손이며 온몸을 훑고 있었다.

"상궁은 어서 상을 보도록 하거라."

선조의 부드러운 명이 떨어지자 곁에 머물던 상궁이 개시가 펼쳐놓은 술과 안주들을 가지고 밖으로 나섰다.

"우리 지가 이제 몇 살인고."

"할아버지, 저 이제 여덟 살이에요."

선조가 여덟을 되뇌며 흡족한 표정을 지었다.

"네가 김 나인이라 했더냐?"

선조의 시선이 개시에게 쏠리자 잠시 움찔거렸다.

"그러하옵니다, 상감마마."

"그런데 자네 외모가 왜 그 모양인고?"

개시가 얼굴을 붉히며 지에게 시선을 주었다.

"할아버지, 김 나인은 오로지 제게만 신경 쓰기 때문에 화장이나 의복에는 신경 쓰지 않고 있어요. 그런데 신경 쓰다 보면 자칫 제게 소홀할 수 있다고 말이에요."

"허허, 기특한지고."

선조가 흡족한 표정을 지으며 가볍게 혀를 찼다.

"그래, 나이는 어찌 되는고?"

"소녀 금년에 열여섯이옵니다."

선조가 열여섯을 되뇌며 개시를 주시했다.

"중전의 나이가 스물둘이니 여섯 살 차이 나는구먼."

순간 개시의 뇌리에 중전의 존재가 부각되었다. 방금 선조가 언급한 대로 중전의 나이 이제 스물두 살이었다. 임진란 중에 중전이었던 의인 왕후가 사망하자 후궁에서 중전을 간택했던 관례를 깨고 선조는 당시 19세에 불과한 인목 왕후와 새롭게 가례를 올렸다.

그 이유가 무엇일까 하는 생각, 왜 왕세자가 존재하고 있는 마당에 굳이 정비를 다시 맞이했는지 하는 호기심이 일어났다. 그러다 문득 무서운 생각이 일어났다. 서자가 아닌 적자에게 왕위를 넘기겠다는 심사의 발로가 아닌가 하는 생각이었다.

"무엇을 그리 골똘히 생각하는고?"

"중전마마께서 회임하셨다는 이야기를 들었사옵니다. 그래서 금번에는 공주님이 아니라 왕자님을 잉태하실 것 같다는 생각이 문득 일어났사옵니다."

"어찌 그리 생각하는고?"

"전하의 욱일승천하는 기운이 그를 짐작하게…"

가희가 말하다 말고 선조를 바라보자 선조가 호탕하게 웃음을 터트렸다.

"그런 경우라면 내 너에게 부탁하마."

"부탁이라니요, 당치 않으시옵니다. 하라 하시면 될 일이옵니다. 하온데…."

"중전이 왕자를 잉태한 경우 네가 보살펴줄 수 있겠느냐?"

개시가 움찔거리며 지를 바라보았다.

"왜 아니 되겠느냐?"

"그런 게 아니옵고. 소녀는 지금 세자저하에게 속한 몸이라. 제가 함부로 제 몸을 움직일 수는 없다는 생각이 들어 그러하옵니다."

"그렇다면 지에게 물어보자꾸나. 지는 김 나인을 이 할아버지에게 잠시 빌려줄 수 있겠느냐?"

"할아버지, 제 나이 여덟이에요. 이제 어엿한 사내대장부인걸요."

"그 이야기는?"

"이제는 누구의 도움을 받지 않아도 돼요. 그러니 할아버지 원하시는 대로 하세요."

지가 목소리를 높이며 팔을 들어 알통을 보이는 순간 상이 들어오고 있었다. 상을 바라보는 개시의 표정이 편치 못했다.

"네 표정은 왜 그러냐?"

"왕손님이 섭섭하다는 생각이 드옵니다."

"섭섭하다니요?"

"왕손님은 제가 귀찮은 모양이라는 생각이 드옵니다."

개시의 표정을 살피던 지가 겸연쩍은 표정을 지었다. 선조가 두 사람의 얼굴을 번갈아 바라보며 미소 지었다.

"네 이름이 개시라고 하였지?"

"그러하옵니다, 전하."

"지금 이 시각부터 네 이름은 개시가 아니라 가희佳姬라 하자."

"할아버지, 무슨 뜻이에요?"

개시가 어리둥절한 표정을 짓자 지가 대신 나섰다.

"젊고 아리따운 여인이라는 의미란다."

그 의미를 되새기며 개시가 가희를 되뇌었다.

"김 나인은 영광이네요, 영광."

"성은이 망극하옵니다, 전하."

지가 목소리를 높이자 개시가 그 뜻을 다시 되새기며 고개 숙였다.

"이 할아버지가 옛날이야기 하나 해주어야겠다."

"뭔데요?"

"태조 이성계 할아버지께서 조선을 건국하셨을 때 일이야. 당시 태조 대왕 곁에 남겸南謙이란 신하가 있었어. 그런데 그 사람이 잠시 태조 대왕의 곁을 떠나자 다시는 자신의 곁을 떠나지 말고 언제나 곁에 머무르라는 의미에서 재佳라는 이름을 하사한 사례가 있단다."

"그래서 그 신하는 계속 태조 대왕님 곁에 머물렀나요?"

"당연하지. 그뿐만 아니라 태종 대왕님도 지근거리에서 보필하였지."

"그러면 이제 김 나인은 할아버지 곁에 젊고 아리따운 여인으로 머물러야겠네요. 그리고…."

"마저 이야기하거라."

"할아버지 뒤를 이어 아버지 곁에도 머물러야겠네요."

"당연히 그리해야겠지."

잠시 멈칫했던 선조의 얼굴에 잔잔한 미소가 흐르고 있었다.

운명

　가희가 저녁 무렵 조 나인으로부터 혼의 침소로 들라는 전갈을 받았다. 서둘러 목욕을 마치고 가볍게 몸단장하고 혼의 침소로 이동하고 있었다. 그날 오전 중궁전으로부터 들려온 왕자가 태어났다는 소식 때문일 거란 생각에 문득 지난날, 선조를 알현하고 돌아온 그 날 저녁을 떠올렸다.

　"가희라, 참으로 좋은 이름이로세."
　혼이 미소를 보이자 가희가 못마땅하다는 듯 응시했다.
　"왜 그러느냐?"
　"그걸 몰라서 물으시나요?"
　가희가 뾰로통한 표정을 지었다.
　"그 이름이 싫다는 말이냐?"
　"싫다는 게 아니라 저하께서 먼저 지어주셨어야지요."
　"듣고 보니 그러네. 내가 먼저 그 생각을 해야 했는데, 확실히 아버지께서 노련하시네. 여하튼 그건 그렇고 네가 바라본 아버지 상태는 어떠시냐?"
　"아직도 한창이니까 중전이 회임한 게 아닌지요?"

"바로 말해 보거라."

"바로라니요?"

"그 나이 정도 되면 발기도 되지 않을 터인데… 참으로 기가 막히는 일이야."

"그 말씀은?"

"그 나이에 어떻게 그게 가능한지 모를 일이야."

"그거라니요?"

"몰라서 묻나?"

"하오면 소녀가 알고도 여쭙겠습니까?"

"어떻게 아이를 회임할 수 있느냐 이거지."

"그야 밭이 좋으니 가능한 일 아니겠어요."

"밭이라 했느냐?"

"토양이 좋으니까 씨를 뿌리고 살짝 물만 주어도 곡식이 무럭무럭 자라나는 이치 아니겠습니까."

혼이 잠시 생각에 잠겨 들다 자리에서 일어나 꼬박꼬박 말대꾸하는 가희 곁에 자리하며 가희의 어깨를 팔로 둘렀다.

"어쩌시려고요?"

"내 밭은 어떤지 확인해 볼 일이야."

가희가 순간적으로 혼의 팔을 치웠다.

"왜 그러나?"

"지금 이럴 기분 아닌 거 모르시나요!"

가희가 혼의 얼굴을 똑바로 바라보았다. 혼의 얼굴이 붉게 물들어가는 모습을 바라보며 가운데로 시선을 옮겼다. 이미 그곳이 열을 발산하고 있었다. 가희의 손이 자연스럽게 옷을 헤집고 그곳을 찾았다.

"만약 왕자를 잉태하면 어쩌시게요?"

"그게 그렇게 쉬운 일일까?"

마치 남의 일 말하듯 하는 혼이 미웠던지 가희가 잡고 있는 손에 힘을 주었다. 혼의 입에서 가느다란 신음이 흘러나왔다.

"소녀가 보기에 그게 문제가 아닌듯해요."

"그건 또 무슨 말인가?"

"전하께서 멈추지 않을 것이란 이야기지요."

"자세히 말해 보거라."

"어떻게든 중전으로부터 왕자를 보겠다는 이야기지요."

가희가 말과 동시에 다시 손에 힘을 주었다. 혼이 마땅히 대꾸할 말이 없는지 자신의 손으로 가희의 손을 감쌌다.

"어쩌시렵니까?"

"지금으로서는 어쩔 도리가 없네."

잠시 곤혹스러운 표정을 짓던 혼의 가운데에서 힘이 빠지고 있었다.

그동안 주변에 궁녀들로부터 궁궐의 상황과 더불어 선조에 대한 여러 이야기를 전해 들었다. 선조 역시 적장자 출신이 아닌 만큼 반드시 적장자로 하여금 대를 이으려는 야망을 지니고 있을 것이라 했다.

요부 김가희

바로 이전 임금인 명종의 아들 순회세자가 이른 나이에 사망하면서 뒤를 이을 후사가 사라졌다. 결국, 명종과 인순왕후는 왕실 종친인 덕흥군의 셋째 아들인 선조를 양자로 삼아 명종의 뒤를 잇도록 했다.

가희가 잠시 걸음을 멈추었다. 그런 경우 선조와 새로 태어난 왕자 그리고 혼과 이지 사이에 어느 줄을 선택하느냐의 문제였다. 선조의 욕망을 살피면 현 상태서 혼이 보위에 오르기는 힘들어 보였다.

그렇다면 줄을 갈아탈 것인가 하는 순간적인 생각이 일어났다. 그러다 중전을 떠올려보았다. 들리는 바에 의하면 상당히 의욕적이라 했다. 아울러 그녀의 나이를 생각해 보았다. 절로 고개를 흔들었다.

다시 이동하기 시작했다. 오래지 않아 혼의 침소에 이르자 옷매무시를 가다듬고 자신의 등장을 알렸다. 안에서 다급하게 들라는 소리가 이어졌다. 가희가 침소에 들자 혼이 주안상을 앞에 두고 잔을 기울이고 있었다.

"어서 이리 오지 않고 뭐하는 게야."

가희가 궁상맞게 홀로 술을 마시는 혼이 미웠던지 미적거리자 혼이 팔을 들어 손짓했다. 잠시 혼의 하는 양을 살피던 가희가 못 이기는 체하며 혼의 곁에 자리했다.

"마음이 그리도 쓰리십니까?"

"막상 가희를 보내야 한다 생각하니 허망한 생각까지 일어나는구나."

"그래, 언제 저를 보내시렵니까?"

"가능한 한 이른 시일에 보내라 했으니 내일은 가야 하지 않겠느냐."

"왜요, 오늘은 아니 되겠습니까?"

"뭐라고!"

혼이 목소리를 높이자 가희가 웃고 있었다. 가희의 농임을 알아차린 혼이 가희의 볼을 만지작거렸다. 가희가 가만히 그 손을 잡아 자신의 가슴으로 가져갔다. 혼이 그 의도를 알아챘는지 가희의 아담한 가슴을 만지작거렸다.

"볼이 아니라 가슴이 아파서 그러하옵니다."

가희가 미간을 찡그렸다.

"이 가슴은 어떻겠나."

혼이 가희의 손을 잡아 자신의 가슴에 놓았다.

"그러면 서로가 서로의 가슴을 어루만져주면 되겠네요."

혼이 그 말의 의미를 헤아렸는지 가희를 안아 자신의 품 안에 가두고 가희의 가슴을 잡고 그에 맞추어 가희도 혼의 가슴을 만지작거렸다.

"제가 한잔 올릴까요?"

가희가 혼의 가슴에서 놀던 손으로 술병을 잡았다. 혼이 가희를 품은 채 잔을 들자 가희가 한 손으로 잔을 채웠다. 천천히 잔을 비워낸 혼이 가희의 옷을 벗기고 이어 가희 역시 혼의 옷을 벗겨주었다.

"가희야, 일어나보렴."

"네!"

가희의 눈이 동그랗게 변해 갔다.

"그동안 가희가 주는 황홀함에 빠져 정작 몸을 자세히 살피지 못했

요부 김가희

는데 이제라도 상세히 살피고 이 가슴에 각인시키려 한다."

혼의 눈빛이 간절했다. 그 의미를 되새기던 가희가 혼의 품에서 벗어나 혼의 바로 앞에서 몸을 일으켜 세웠다. 자연스럽게 가희의 생식기가 혼의 눈앞으로 다가섰다. 혼이 가희의 생식기에 잠시 코를 묻었다.

뜨거운 콧김이 가희의 생식기를 파고들자 가희의 입에서 신음이 그리고 생식기에서 또 다른 형태의 신음이 흘러나오고 있었다. 그를 감지한 혼이 뒤로 조금 물러나 가희의 몸 특히 생식기를 주시했다.

"참으로 꿀단지로고, 꿀단지."

가희가 꿀단지를 되뇌며 빈 잔에 술을 따라 입으로 들이키고 입을 혼의 입에 포갰다. 가희의 입에 있던 술이 혼의 입속으로 이어 목구멍을 타고 위로 들어가기 시작했다. 혼이 가희의 입에 남아 있는 술의 기운까지 모두 빨아들이겠다는 듯 힘차게 혀를 움직였다.

"저하, 어찌할까요?"

짧지 않은 격정의 순간이 지나가자 가희가 가쁜 숨을 몰아쉬며 자세를 바로 했다. 혼이 잠시 전의 여운을 즐기기라도 하겠다는 듯 가희를 품에 안고 술상 앞에 앉아 가희의 얼굴을 어루만졌다.

"가희와 나 사이에 다른 생각이 있을 수 없지 않겠느냐?"

"결국 저하와 저는 한 몸이란 말씀이십니다."

"자네를 만난 순간부터 자네는 나의 운명이라 생각했네."

"그런데 저를 중궁전으로 아니, 왕에게 보내시겠다는 말씀이신지요?"

혼이 가볍게 한숨을 내쉬었다.

"왜 그러시는지요?"

"그동안 아버지의 의도가 무엇인지를 헤아려 보았다. 굳이 나와 한몸인 가희를 보내라는, 본인에게 달라는 그 의도 말이야."

"혹시 저하의 마음을 교란시켜보려는 건가요?"

"아버지에 대한 나의 충성심을 시험해 보기 위함이 아니겠니."

가희가 눈을 동그랗게 뜨고 술병을 들었다. 혼이 즉각 빈 잔을 채우고는 자신의 입으로 삼키고 가희의 입에 포갰다. 가희가 잠시 멈칫하다 입을 열었고 이내 거세게 기침하기 시작했다.

가희의 입에서 튀어나온 술과 이물질이 혼의 얼굴과 가슴으로 쏟아졌다. 혼이 그에 개의하지 않고 가희를 으스러져라 껴안았다.

"소녀 호랑이를 잡으러 호랑이 굴로 들어가겠나이다."

잠시 후 가희가 양팔로 혼의 목을 두르며 나직하게 입을 열었다. 순간 혼이 자리에서 일어나 방 한쪽에 있는 궤로 다가가 뚜껑을 열고 조그마한 상자를 들고 와 가희에게 건넸다.

"이것이 무엇이옵니까?"

"세자 책봉 시 받은 옥인이네."

"그런데 이 귀한 물건을 왜 제게…"

"가희와 내가 한 몸임을 천지신명께 고하고자 함이야. 그리고 그 옥인이 더 이상 쓰일 곳이 없어야 하지 않겠느냐."

가희가 혼의 말의 의미, 반드시 보위를 이어받아야 한다는 각오를 파

요부 김가희

악하고 은근하게 어금니를 깨물었다.

"그런데 어떻게 호랑이를 잡으려 하느냐?"

"어차피 이빨 빠진 호랑이인데 그저 좋은 미끼만 던져주면 될 듯하네요."

"미끼라…."

"그건 차차 생각하기로 하고. 중궁전에는 모레부터 가겠다고 해주세요."

혼이 눈을 깜박이자 가희가 양손으로 혼의 얼굴을 어루만졌다.

"무슨 일이라도 있니?"

"그냥 내일 하루 제게 휴가를 주세요. 갑자기 아버지가 뵙고 싶어요. 그리고 이 옥인은 저하께서 보위를 이어받는 그 날 돌려드리도록 하겠어요."

휴가

"개시 아니, 개시 아씨가 어인 일로…?"

이첨의 집에 도착하여 곧바로 안채로 들자 언년이 눈을 동그랗게 뜨고 바라보고 있었다. 가희가 싸늘한 표정을 지으며 그녀를 바라보다 이내 미소 지으며 다가갔다.

"그동안 잘 지냈지?"

언년이 가까이 다가선 가희의 모습을 찬찬히 훑었다.

"궁궐에서 잘 나가고 있다는 이야기 들었는데…"

언년이 말하다 말고 겸연쩍은 표정을 지었다. 가희의 행색이 집을 떠날 때와 별반 달라 보이지 않았기 때문이었다.

"너는 잘 나갈수록 조심해야 한다는 말도 모르니. 그리고 내 이름은 이제 개시가 아니라 가희야, 김가희."

언년이 의혹의 눈초리를 보내며 가희를 되뇌었다.

"상감마마께서 젊고 아름다운 여인이라는 의미에서 그 이름을 직접 지어주신 거야."

"정말로 상감마마께서 지어주신 거야?"

"그렇다고 해도!"

가희가 순간적으로 인상을 찡그렸다.

"그러면 가희 아씨라고 불러야 하나?"

"너는 도대체 머릿속에 무엇이 들은 거니. 금방 그 이름은 상감마마께서 지어주셨다고 하지 않았니!"

"그랬는데…."

"상감마마께서 지어주신 이름을 너같이 천한 것이 어찌 입으로 지껄인다는 말이니. 그러니 앞으로는 그냥 아씨라고만 불러!"

가희가 연신 목소리를 높이자 언년이 무슨 말인지 모르겠다는 듯이 고개 돌리고 안방을 향해 가희가 왔음을 고했다. 그 소리가 있자마자 이첨의 부인 이 씨가 방문을 열고 모습을 드러냈다. 가희임을 확인한 이 씨가 맨발로 마당까지 나서 가희의 손을 잡았다.

"왔으면 바로 들지 않고 무얼 망설이시나. 어서 들어가자고."

이 씨가 가희의 손을 이끌고 곧바로 방으로 들어갔다. 방에 들자 가희가 이 씨에게 큰절을 올리려 하자 이 씨가 극구 만류했다.

"한창 바쁠 터인데 어떻게 시간을 내었나?"

이 씨가 말을 마침과 동시에 밖을 향해 언년에게 다과상을 들이라 지시하고 다시 가희의 손을 어루만졌다.

"내일부터 상감마마를 모시게 되어 주인마님께 긴히 드릴 말씀이 있어서. 그리고 아버지를 보고자 시간 내었어요."

"주인마님이라니? 이제는 주인이 아니잖아."

"한번 주인마님은 영원히 주인마님이시지요."

이 씨가 미소를 지으며 말을 건네자 가희 역시 미소를 보냈다.

"그런데 아까 방에서 얼핏 들었는데 이름이 바뀌었다고?"

"상감마마께서 제게 가희란 이름을 주셨어요. 젊고 아리따운 여인이란 의미…."

가희가 차마 다음 말은 잇지 못하고 있었다. 이 씨가 앉은 상태서 뒤로 조금 물러나 가희를 찬찬히 바라보았다.

"미처 살피지 못했는데 지금 보니 상감마마의 식견이 조금도 무색하지 않네. 가까이 있는 사람의 진가는 알아보기 힘들다는 옛말이 조금도 틀리지 않아 보이네."

이 씨의 찬사에 가희가 잠시 계면쩍어하며 소소한 대화를 나누는 중에 언년이 되는 대로 상을 차려 들어왔다. 상을 두고 나가는 언년에게 이 씨가 이첨과 만덕에게 가희가 왔음을 알리라 지시했다.

"마님, 실은 아버지와 관련해서 두 가지 일을 처리하려 해요."

"주저 말고 말해보게."

"세자저하께서 그동안의 노고를 치하하시면서 제게 금전을 하사하셨습니다."

"그런데?"

"그 돈으로 아버지를 독립시켜 드리고…."

가희가 말을 멈추고 방문을 바라보았다.

"혹시 언년을…."

"바로 그러합니다. 언년으로 하여금 제 아비의 수발을 들게 하면 어떨까 싶습니다. 물론 그와 관련해서 돈을 드릴 거고요."

"그 문제는 이따가 영감과 상의해 보도록 해. 나야 가희가 마음 편하면 그만이니까."

"정말 고마워요, 마님."

가희가 진정을 담아 이야기하자 두 사람이 화기애애한 분위기에서 대화를 이어가기 시작했다. 그러기를 잠시 후 밖에서 언년이 가희로 하여금 사랑으로 들라는 전갈을 전했다.

"주인마님과 긴밀한 대화를 나누어야 할 듯합니다."

가희가 자리에서 일어나자 이 씨 역시 몸을 일으켜 세웠다. 그를 살핀 가희가 진지한 표정을 지었다.

"그래, 나도 저간의 사정을 어느 정도 들어 알고 있으니 그렇게 하도록 하게."

이 씨를 뒤로하고 사랑채로 들자 아버지 만덕이 기다리고 있었다. 가희가 아버지 그리고 그 뒤로 담장 가까이에 활짝 핀 목련을 바라보았다. 가희의 마음을 알 리 없는 만덕이 다가와 가희의 손을 잡았다.

"어떻게 된 거냐?"

떠날 때와 별반 다르지 않은 모습으로 나타난 가희를 바라보는 만덕의 표정이 편치 못했다. 만덕은 그저 말로만 들었던, 화려하지만 고달프기 짝이 없는 생활을 견디지 못하고 돌아온 게 아닌가 생각하는 듯했다.

"목련이 활짝 피었네요."

가희가 동문서답하자 만덕의 표정이 더욱 어둡게 변해 갔다. 그를 살핀 가희가 만면에 미소를 머금었다.

"오늘 하루 휴가를 받았어요."

휴가를 되뇌는 만덕의 표정이 밝게 변하고 있었다. 그 순간 안으로부터 이첨의 들라는 목소리가 이어졌다.

"아버지, 이 자리서 꼼짝 말고 기다리고 있어요. 마님과 잠시 대화를 나누고 나올 테니까요."

그러마 하고 대답하는 만덕을 뒤로하고 방으로 들었다. 잠시 상견의 예를 마친 가희가 자리 잡았다.

"조정 상황은 자주 전해 들으시는지요?"

가희가 자신의 이름이 가희로 바뀌고 상궁으로 특진한 내용 등 소소한 이야기를 나누다 차분하게 말문을 열었다.

"항상 주시하고는 하는데 그 내밀한 부분까지는 알 수 없지 않겠는가."

이첨이 답답하다는 듯 한숨을 내쉬었다.

"전하께서 왕자를 보신 일은 알고 계십니까?"

"그 문제로 지금 골머리를 앓고 있네."

이첨이 시선을 문으로 주었다.

"그런 이유로 내일부터 제가 전하 곁으로 가기로 되어있습니다."

"전하의 뜻이 아니었던가?"

"물론 전하의 지엄한 명도 있었지만 세자저하께서 밀명을 주셨습니다."

가희 역시 잠시 시선을 문으로 주었다.

"밀명이라면!"

"제게 전권을 일임하셨습니다."

"자세하게 말해 줄 수 없겠는가?"

"아직 구체적인 계획은 서 있지 않습니다. 그는 내일부터 수립되어야 겠지요."

이첨이 가볍게 신음을 내뱉었다.

"저하께서 별말씀은 없으셨나?"

"방금 말씀드린 대로 모든 일을 저에게 일임하셨습니다."

"외부에서의 호응은 내게…."

"바로 말씀하셨습니다. 그래서 휴가를 구실로 마님을 뵈려 찾았습니다."

"내가 어찌 해주면 좋겠는가?"

"독을 구해 주십시오!"

가희가 이첨에게 바짝 다가앉았다.

"지금 독이라 하였느냐!"

"유사시에 사용하려 합니다."

가희가 담담한 표정을 짓자 이첨의 얼굴이 굳어지고 있었다.

"누구를 상대로 사용하려는가?"

"당연히 전하시지요. 아니, 전하의 멈추지 않을 욕심을 끝내야겠지요."

"결국, 그 방법 외에는…."

이첨도 이미 염두에 두고 있었다는 듯 가볍게 한숨을 내쉬었다.

"그리고 한 가지 더 부탁드리렵니다."

"말해 보거라."

"제 아비를 이제 독립시키려 합니다. 밖에서 궂은일을 처리해 줄 사람으로 제 아비가 적격이라 생각하고 있습니다."

"그거야 부탁도 아니지 않은가. 김 서방은 이미 면천되지 않았느냐."

"그래서…."

"주저 말고 말하거라."

"제 아비를 수발들 수 있게 언년을 붙여 주었으면 합니다."

말을 마치자마자 가희가 들고 온 보따리를 풀어 엽전 한 꾸러미를 이 첨에게 건넸다.

"이게 무엇이냐?"

"언년에 대한 보답입니다."

"그만두거라. 이 모든 게 다 우리의 앞날을 위함이지 않으냐."

"물론 그렇습니다만, 마님께서 받아주셔야 제 마음이 편할 듯하옵니다."

"그러지 말고 이 돈도 네 아비 독립시키는 데 쓰도록 하거라."

거듭된 이 첨의 언급에 가희가 가만히 고개 숙였다.

"실은 세자저하로부터 자금을 지원받았습니다. 그러니 제 마음의 증 표로 이 돈을 받아주십시오."

"네 뜻이 정히 그러하다면 그렇게 하도록 하거라."

가희가 물러서지 않자 이 첨이 마지못해 돈을 끌어당겼다.

"그러면 소녀는 이만 자리를 물리고 아버지와 잠시 대화를 나누고 궁 으로 돌아가도록 하겠습니다."

가볍게 인사를 마친 가희가 방을 나서자 만덕이 가희의 말대로 잠시 전 그 지점에서 꼼짝하지 않고 기다리고 있었다. 그를 살핀 가희가 미소 지으며 만덕의 곁에 섰다.

"아버지, 꽃이 참으로 아름답네요."

만덕이 가희가 바라보는 목련으로 시선을 주었다.

"꽃이 아무리 아름답기로 너만큼 아름답겠냐."

시선을 언년에게 주었다. 언년이 배시시 웃고 있었다. 그런 언년에게 미소를 보이고 만덕의 손을 이끌었다.

"이게 무엇이냐?"

행랑채 만덕의 방에 들어서자 가희가 보따리를 풀어 돈과 단단하게 봉인된, 옥인이 들어 있는 상자를 만덕에게 건넸다. 가희가 차분하게 이 첨에게 했던 이야기, 독립과 언년에 대한 이야기를 건네자 만덕의 얼굴에 화색이 돌았다.

"그래서 이 돈은 독립을 위한 자금으로 쓰라는 이야기고. 그런데 이 상자는 무엇이냐?"

"아버지와 제 목숨이라 생각하시고 절대로 외부에는 비밀로 하고 꼭 꼭 감추어두세요."

순간 만덕의 얼굴에 긴장감이 들어차기 시작했다.

"무엇인데 그러느냐!"

목소리 역시 올라갔다. 순간 가희가 목소리를 낮추라는 손짓을 주었다.

"그저 우리 목숨이려니 생각하세요."

가희가 단호하게 말하자 만덕이 더 이상 묻지 않았다.

"그리고 생활비는 언년을 통해 보내 드릴 테니 돈 걱정은 하지 마세요."

"그게 무슨 소리냐, 생활비 정도는 내가 충분히 벌 수 있는데."

만덕이 가희의 말의 의도가 무엇인지 헤아리기라도 하듯 고개를 갸웃거렸다.

"아버지는 제가 가끔 부탁하는 일이나 처리해주시면 돼요. 그리고 먼저 한양 땅에서 그다지 이름은 알려지지 않았으나 용한 의원을 찾아주세요."

"의원이라니?"

"다 쓸데가 있으니 그리해주시고. 그리고 혹시라도 주인마님이 말씀이 있으면 함께 움직여주세요."

홍색 곤룡포

"이게 무엇이냐?"

가희가 저녁 무렵 하루 일과를 마무리하고 아들 이의(후일 영창대군)에게 직접 젖을 먹이고 있던 중전을 찾아 대뜸 조그마한 보따리를 풀었다.

"중전마마께서 왕자님을 잉태하신 일을 경하드리기 위해 소녀가 여러 날에 걸쳐 지은 옷이옵니다."

중전이 젖 먹이던 동작을 멈추고 의를 조심스럽게 바닥에 내려놓았다. 순간 가희의 시선에 중전의 뽀얗고 풍만한 가슴이 서쪽으로 난 창에서 들어온 석양에 붉게 비치고 있었다. 가희의 시선을 의식한 중전이 조심스럽게 옷으로 가슴을 가렸다.

"마마께서 직접 수유하신다고 들었는데, 정말로…."

"전하께 윤허 받았네. 이 아이는 내가 직접 수유하겠다고."

"특별한 이유라도 있는지요?"

"이 아이가 특별하니 그렇지."

가희가 시선을 의에게 주었다. 아기가 중전의 말을 알아들었는지 생글거렸다.

"마마의 심정 충분히 이해됩니다."

"무슨 의미인가?"

"주상 전하의 유일무이한 적장자 아니신지요."

"그야 당연하지. 그런 아이에게 다른 사람의 젖을 수유할 수는 없지. 어느 누구의 입에 부정 탔을지도 알지 못하는데."

"당연하신 말씀이십니다."

"자네가 생각해도 내 처신이 온당하지?"

"그래서 제가 그를 경하드리기 위해 이 옷을 준비하였습니다."

대답 대신 가희가 조심스럽게 옷을 들고 자리에서 일어났다. 홍색 비단으로 지은 곤룡포였다. 중전이 눈을 동그랗게 뜨고 곤룡포를 주시했다.

"용의 발톱이 네 개라…"

손으로 옷에 새겨놓은 용의 발톱의 숫자를 세던 중전이 할 말을 잊은 듯 감탄의 표정을 지었다.

"마마, 왕세자께서 입으시는 옷이옵니다."

왕세자를 되뇐 중전이 가희의 손에 들려 있는 옷을 빼앗다시피 잡아 의에게 입혔다.

"어쩌면 이렇게 딱 들어맞을 수 있나!"

중전의 얼굴 전체에 환희의 미소가 감돌았다.

"고맙네. 그런데 이 옷을 입혀도 되는지 모르겠네."

"당연한 일 아니옵니까. 비록 지금은 왕세자가 아니더라도 전하의 유일한 적장자이니만큼 언제인가는 그를 바로잡아야 하지 않는지요."

"당연히 그리해야 할 일이건만…"

말을 멈춘 중전이 가희를 빤히 바라보았다.

"하실 말씀이 있으신지요?"

"자네는 세자의 여인이라는 이야기 들었네만."

순간 가희의 표정이 가볍게 일그러졌다.

"왜, 아닌가?"

"마마, 자신의 여인도 간수하지 못하는 사람을…."

중전이 가희의 말을 되새긴다는 듯이 잠시 생각에 잠겨 들었다.

"그렇지. 아무리 아버지의 명이라도 자신의 여인을 그렇게 쉽게 내칠 수는 없는 노릇이지. 여하튼 자네 원망이 적지 않겠구먼."

"다 제 팔자려니 해야지요."

중전의 계략으로 일이 그리된 걸 알고 있는 가희가 의도적으로 표정을 어둡게 위장하고 가벼이 한숨을 내쉬었다.

"그런데, 마마."

중전을 부르는 가희의 표정이 진지하게 바뀌었다.

"말해보게."

"저 실은 주상 전하의…."

"주저 말고 말해보게나."

"전하의 잠자리가 어떠한지…? 방금 전 전하의 침소로 들라는 분부를 받았사옵니다."

"자네를!"

중전의 목소리가 순간적으로 올라갔다. 가만히 중전의 표정을 살피자 어이없다는 듯 헛웃음을 터트렸다.

"무슨 일이 있사옵니까?"

"자네, 혹시 온빈(온빈 한 씨)이 회임한 사실을 알고 있나?"

"온빈께서요?"

가희가 어리둥절한 표정을 지었다.

"지금 공식적으로 발표하지 않고 있는데 온빈이 회임하였다고 하네."

"사실이옵니까?"

"조만간 공식으로 발표할 예정이야."

중전이 마치 안 되었다는 듯이 가볍게 혀를 찼다. 그를 살피던 가희가 살짝 고개 숙였다.

"이제는 자네에게 전력투구할 모양인데, 그렇게 야들야들한 몸으로 견뎌낼 수 있을지 모르겠네."

"무슨 말씀이신지요?"

"가만히 생각을 가다듬어보게. 전하께서 자네를 어떻게 할지."

"소녀 이해되지 않사옵니다."

"자네 혹시 남정네와 잠자리를 가져 본 적… 아니지 세자의 연인이었으니. 아무튼 전하와의 잠자리는 단단히 마음먹어야 할 일이네."

가희의 표정이 굳어지고 있었다.

"아무튼, 전하께서는 자네가 회임할 때까지 멈추지 않을 듯하니 마음 단단히 먹게."

가희가 잠시 중전과 소소한 대화를 나누다 자리에서 일어났다. 굳이 중전의 입을 빌리지 않더라도 선조의 자식 욕심에 대해서는 여러 사람으로부터 전해 들었다. 혹자는 자신의 정치적 입지가 좁아지자 그 돌파구로 자식 만드는 일에 몰두하고 있다는 이야기까지 들리고 있었다.

또한 그 일에 열중하기 위해 정력에 좋다는 기름진 음식을 과도하게 섭취하여 성관계 이후 가끔 경련을 일으키고는 해서 어의들이 선조에게 자중하시라 진언하고는 하였지만 그 욕심은 막을 수 없다고도 했다.

이런저런 생각으로 침전으로 들어서자 어의로 보이는 사람이 침대에 앉아 있는 선조에게 고개 숙이며 자리를 물리고 있었다. 그 사람의 얼굴을 바라보자 그 사람이 가희에게 알 듯 모를 듯한 미소를 지었다.

"전하, 경하드리옵니다."

침전의 문이 닫히자 가희가 큰 절로 예를 올리고 선조를 주시했다. 얼굴에서 밝은 기운이 흐르고 있었다.

"우리 아니, 내 가희 이리 오너라."

잠시 전 침을 맞았는지 선조의 상체가 훤히 드러나고 있었다. 가희가 마주 보기 민망하여 고개 숙이고 침대 앞에 섰다.

"옷을 모두 벗거라."

가희가 잠시 머뭇거리다 선조의 얼굴을 살피며 천천히 옷을 벗기 시작했다. 선조가 가희의 행동을 하나도 놓치지 않겠다는 듯이 찬찬히 살피고 있었다. 그를 의식하자 가희의 목덜미가 뜨거워지기 시작했다.

옷을 모두 벗자 선조가 침대 끝으로 다가와 가희의 몸을 잠시 관찰하다 시선을 가운데로 주었다. 잠시 그곳을 주시하던 선조가 손바닥으로 가희의 거뭇거뭇한 털을 쓸기 시작했다. 그러기를 잠시 후 가운뎃손가락을 가희의 생식기에 집어넣고 왕복운동을 했다.

"움직이지 말거라."

가희의 몸이 절로 꼬이자 선조가 낮은 목소리로 진지한 표정을 지었다. 문득 잠시 전 중전이 했던 말이 떠올랐다. 오로지 자식을 잉태하기 위해 여인을 취한다고 했다. 그를 회상하며 가희가 억지로 자세를 바로 했다.

"뒤로 돌아보거라."

가희가 뒤로 돌자 선조의 손이 사타구니 아래로 들어와 다시 가희의 생식기를 훑고 잠시 전과 똑같은 행위를 반복했다. 그러기를 잠시 후 양손으로 가희의 허리를 잡고 돌려세웠다.

"네 생식기가 참으로 묘하게 생겼구나. 내 숱한 여인들을 상대해 보았지만 너와 같은 경우는 처음 본다."

가희의 생식기를 바라보는 선조의 얼굴색이 붉게 물들어갔다.

"이제 침대 위로 올라오거라."

참으로 이상했다. 가희가 도저히 입을 열 수 없는 상황이 지속되고 있었다. 그 기이한 현상에 살며시 치를 떨고 침대로 올라가자 선조가 이번에는 가희의 몸을 여러 자세를 취하게 하고 방금 전과 같은 행위를 반복했다.

"짐이 지금 하는 행동을 이해하겠느냐?"

가희가 고개를 가로저었다. 마치 그를 기다리고 있었다는 듯 이번에는 손가락이 아닌 선조의 생식기로 방금 전 행동을 되풀이했다. 그리고 한 체형을 정하고 속도를 조절해가며 움직이기 시작했다.

가희의 침묵이 지속되는 동안 선조가 마지막 안간힘을 쏟아부으며 길게 여운을 남겼다.

"허허, 참으로 명물이네, 명물이야."

여운을 달래기라도 하듯 선조가 가볍게 혀를 차며 가희의 촉촉하게 물든 생식기 주변을 손으로 쓸어주었다.

"내 평생 이런 경험은 처음이야, 처음."

선조가 흡족한 표정을 지으며 입맛을 다셨다.

"전하, 성은이 망극하옵니다."

가희가 자리에서 일어나 고개 숙이고 자리를 물리려 했다. 순간 선조가 가희의 손을 잡아끌었다. 그로 인해 가희의 조그마한 몸이 선조의 품에 안착했다.

"아니다, 잠시 휴식 취하고 다시 한 번 해보자."

"네, 다시요!"

가희가 그 소리가 도저히 믿기지 않는다는 투로 말을 높였다.

"당연하고말고. 내 아직도 한창이거늘."

가희가 잠시 전의 상황을 떠올려보았다. 사랑이 존재하지 않는 성관계는 아무런 즐거움을 주지 못했다. 오히려 거북스런 마음까지 일어났었다. 그러던 한순간 세자를 그렸다. 아울러 선조를 세자와 동일체로 간주했다. 자신을 끔찍이 사랑해주는 세자와 섞인다 생각하자 속으로 슬그머니 미소가 흘렀다.

"전하 경하드리옵니다."

"그게 무슨 소린고?"

가희가 선조의 마음을 돌리려 화두를 바꾸기로 작정했다.

"중전마마로부터 왕자님을 보셨잖아요."

"그래, 그 아이가 어떠한고?"

"전하를 쏙 빼닮아서 의 왕자님을 보는 순간 전하의 용안이 떠올랐사옵니다."

"너도 그를 느꼈느냐?"

"저뿐만이 아닐 것입니다. 모두 그리 생각하고 있을 것이옵니다."

"그러지 않아도 그 아이 때문에 고민이 깊어지는구나."

가희가 대꾸하지 않고 선조의 입을 바라보았다.

"그 아이가 유일한 적장자인데, 참으로 난감한 일이로구나."

"전하, 소녀는 이해하기 힘드옵니다."

"뭐가 말이냐?"

"이 조선은 모두 전하의 소유이거늘 전하께서 고민하시는 일이 이해하기 힘드옵니다. 그냥 전하께서 해라 하면 그대로 이루어지는 것이 아니옵니까?"

"그야 그렇지."

짧게 답한 선조의 얼굴에 어두운 그림자가 스치고 지나갔다. 순간 선조의 얼굴로 혼의 모습이 그려지고 있었다.

요부 김가희

"전하, 소녀에게 간청이 있사옵니다."

"무엇인지 주저 말고 말하거라."

"의 왕자님을 보면서 저도 반드시…"

"반드시 무엇이냐?"

"왕자님 같은 아들을 잉태했으면 하는 마음 굴뚝같사옵니다."

"그야 당연한 일 아니더냐. 그래서 짐이 이리 정성을 들이는 게야."

선조가 헛기침하자 가희가 양팔로 선조의 목을 껴안았다.

"그리도 좋으냐?"

"전하께서 베푸는 성은 중에 가장 소중한 성은이라 생각하옵니다."

"그러면 다시 시작해볼까."

말을 마친 선조가 침대 옆 탁자에 놓여 있는 탕기를 들어 입으로 기울였다.

낙태

한번 가희의 맛에 빠진 선조가 수시로 가희를 찾았다. 애초에 가희에게 아들을 안겨주겠다는 의도를 넘어 자신의 쾌락을 즐기기 위함인 듯했다. 그에 따라 그 어느 때보다 기를 보충하는 정력식품에 혈안이 되고 또 어의를 통해 침을 맞는 일이 빈번했다.

그러던 어느 날 가희의 몸에 이상 징후가 발견되었다. 월경을 시작해야 함에도 불구하고 증상이 나타나지 않고 또한 식욕도 떨어지고 있었다. 덜컥 가슴이 내려앉았다. 가만히 손꼽아 헤아려 보니 임신일 확률이 높았다. 다행스럽게도 입덧은 일어나지 않았다.

그를 감지하고 한날 선조와 격렬하게 긴긴밤을 보낸 가희가 선조의 효심을 자극했다. 홀아버지 만덕이 몸이 편치 않아 잠시 병구완을 해야 겠다고 언급하자 선조가 쾌히 승낙하기에 이르렀다.

다음날 가희가 궁을 나서 아버지 만덕의 집이 있는 장의동藏義洞, 현재 종로구 청운동 부근을 향해 길을 나섰다. 길을 가며 생각해보았다. 정말 임신이 된 상태라면 아이를 낳을 것인지 낙태해야 하는지에 대해 갈등이 일어났다.

선조에게는 아이를 구실로 삼아 적극적으로 대처하고 있지만, 그 이면을 살피면 자신의 특별하게 생긴 생식기와 젊음으로 지속적으로 성

요부 김가희

관계를 가지면서 선조의 수명을 단축시켜 세자 혼으로 하여금 이른 시
일에 보위에 오르도록 하고 혼의 여인으로 세상을 살아가겠다 다짐하
고 있었다.

물론 그 사실을 혼 역시 알고 있었다. 가만히 혼의 얼굴을 떠올려보
았다. 갑자기 눈에서 눈물이 돌기 시작했다. 아니, 혼이 그리웠다. 걸음
을 멈추고 고개 돌렸다. 저만치에 자신의 사랑이 있을 행궁의 모습이
희미하게 보였다.

그곳을 잠시 바라보다 가볍게 입술을 깨물었다. 지금의 고통을 감내
해야 할 듯했다. 혼의 여인으로 긴긴 삶을 이어가기 위해서는 지금의
자신을 철저하게 희생해야 한다는 각오가 일어나고 있었다.

다시 고개를 돌려 길을 가기 시작했다. 이상하게도 마음이 편안하게
가라앉고 있었다. 또한 주변을 스쳐 지나는 모든 사람들이 자신을 바
라보는 듯했고 그 모습이 정겹게 느껴지기 시작했다.

순간 선조와의 잠자리를 그려보았다. 여러 번의 걸친 잠자리를 통해
사랑의 유무와 차이를 확연하게 느낄 수 있었다. 선조와 가지는 잠자리
는 그냥 아무런 느낌도 들지 않았다. 오히려 역겹게 느껴지기까지 했다.

그 대목에서 육체의 차이를 생각해 보았다. 혼의 젊고 단단한 육체
그리고 선조의 생기 잃은 피부며 느끼할 정도로 느껴지는 얼굴을 그려
보았다. 그러기를 잠시 후 천천히 고개를 저었다.

세자 혼은 자신의 운명이라는, 혼의 말대로 혼과 자신은 다른 객체가
아니라 하나라는 생각이 일어났다. 다시 혼의 모습이, 자신의 몸을 정

성스럽게 갈구하던 모습이 그려지자 몸이 스멀거리기 시작했다.

그러던 중 중전의 모습을 떠올렸다. 자신이 선물한 곤룡포를 왕자에게 거리낌 없이 입혔다. 그 모습을 살피며 의를 기어코 보위에 앉히고 싶어 하는 그녀의 욕심을 읽을 수 있었다.

그런 중전의 마음을 헤아리기라도 하듯 중궁전 궁녀들이 노골적으로 동궁전에 근무하는 궁녀들을 무시했다. 마치 작금에 또 미래의 실세는 왕자 의라고 선포하듯 위세를 떨치고는 했다.

그런 그녀의 주변을 그려보았다. 유사시에 우군이 될 수 있는 사람은 자신의 친정 식구들 그리고 선조뿐이었다. 주변에 흘러다니는 이야기를 종합해보면 현 상태로는 의가 임금이 될 확률은 거의 없었다.

그러나 모를 일이었다. 혹시라도 선조의 수명이 길게 이어지고 의가 나이가 차면 사람 마음 어찌 변할지 몰랐다. 하루가 다르게 변하는 게 간사한 인간의 마음임을 잘 알고 있었다. 그 순간 다시 입술을 깨물었다.

절대로 그리돼서는 안 될 일이다 싶었다. 그런 이유로 며칠 전 언년이 궁에 찾아 왔을 때 언년을 통해 아버지에게 더불어 아버지를 통해 이첨에게 주문했었다. 혹시 발생할지도 모를 자신의 임신에 대해 대비하라고.

이런저런 생각으로 길을 걸어가자 장의동 초입에 서 있는 당산나무 근처에서 언년이 모습을 드러냈다. 만덕이 독립한 새집이 초행인지라 언년으로 하여금 안내를 위해 마중 나오라 일러두었던 터였다.

언년의 안내를 받으며 잠시 이동하자 단출한 그러나 초라하지 않은

집이 모습을 드러냈다. 언년으로부터 전해 들었었다. 만덕이 독립하자 이첨의 도움이 있었고 아니, 언년에 대한 보상금으로 준 돈을 보태주어 그 집을 마련할 수 있었다고 했다.

잠시 주변을 둘러보고 집으로 들어서자 마당에서 서성이고 있던 만덕이 반가운 표정을 지으며 가희의 손을 잡았다. 그 상태서 가희의 표정을 상세하게 살피던 만덕이 급하게 가희를 방으로 이끌었다.

방에 들어 자리하자 갑자기 속이 메스꺼워졌다. 순간 헛구역질이 흘러나왔다.

"결국…"

만덕이 말을 끝까지 잇지 못하고 애틋한 표정을 지었다. 순간 가희가 하늘이 도와준 게 아니었나 하는 생각에 가볍게 치를 떨었다.

"마님은 어떻게…?"

"남들의 시선을 의식해서 저녁나절에 은밀하게 오시기로 하였으니 그동안 몸조리하며 쉬고 있거라."

"의원은 찾으셨나요?"

"그야 물론이지. 네 말대로 내가 나름 찾아보기는 했는데 마님이 그 사람을 제치고 먼 곳에서 용하다고 이름난 의원을 찾으신 모양이야. 그리고 차후에 일도 고려하여 모든 계획까지 세워 놓으셨어. 그래서 남들의 시선을 끌지 않을 시간에 방문하기로 하신 거야."

"모든 계획이라니요?"

"입을 막아야 할 일 아니냐?"

가희가 가만히 고개를 가로저었다.

"왜 그러냐?"

"그 의원은 제 배 속에 있는 아기가 누구 아기인지 모를 거 아니에요."

"당연히 그렇지."

가희가 잠시 침묵을 지켰다.

"그 부분은 제가 마님과 이야기 나누기로 하고. 아버지, 전에 제가 맡긴 상자는 어디에 두셨어요."

"네 말대로 아무도 모르게 댓돌 밑에 구멍을 파고 묻어 두었다."

가희가 흡족한지 가볍게 미소를 보였다.

"그런데 아버지, 언년은 잘해요?"

"그저 그렇다고 보아야지."

"왜요?"

"애가 순진한 건지 머리가 안 좋은 건지…."

만덕이 말하다 말고 가볍게 혀를 찼다.

"그건 아버지 손에 달린 거 아니에요?"

"그런 거지."

만덕이 잠시 생각에 잠겨 들었다가 활짝 미소를 머금었다. 그를 살피던 가희가 피식하고 웃었다.

"아버지, 그럼 저는 이만 쉴 터이니 볼일 보세요."

그러마 하고 만덕이 방에서 나가고 잠시 후 언년의 싫지 않은 목소리가 들려왔다. 가희가 다시 피식하고 웃으며 자리에 누웠다. 자리에 눕자 천장에 세자 혼이 용상에 앉아 있는 모습이 그려졌다.

당당하게 자리 잡은 혼의 옆에 자신이 앉아 있는 상상을 해보았다. 그럴싸하게 느껴졌다. 그러다 문득 세자빈이 머리에 떠올랐다. 그러기를 한순간 혼의 뒤에 수렴을 치고 그 뒤에 앉아 있는 자신을 그려보았다.

"가희야, 이제 그만 일어나야지."

잠깐 쉰다고 몸을 눕혔는데 깊게 잠이 들었던 모양이었다. 만덕이 곁에서 가희를 부르자 눈을 뜨고 잠시 전 상황을 회상하며 이마를 만져보았다. 손바닥에 축축한 기운이 감지되었다. 그 상태서 몸을 일으키자 전과는 다른 느낌이 찾아들었다.

"밖에 마님께서 기다리고 계셔."

이첨이 도착했다는 소리에 가희가 옷매무시를 가다듬고 자리에서 일어났다. 그 모습을 살핀 만덕이 방문을 열고 이첨과 초로의 한 남자를 방으로 안내했다. 두 사람이 자리하자 가희가 다소곳하게 자리 잡았다.

"한 의원, 바로 진맥해보시오."

이첨이 의원이라 부른 남자가 헛기침하고 가희를 바라보았다. 가희가 만덕에게 시선을 주며 오른손을 내밀었다. 의원이 조심스럽게 가희의 손목을 잡고 맥을 짚기 시작했다. 순간 가희의 가슴이 쿵쾅거렸다.

의원이 가희의 오른팔을 놓고 왼팔을 달라 주문하고 방금 전과 같은 행위를 반복했다. 모두의 시선이 가희의 손목으로 집중되었다.

"임신이 확실합니다. 아울러…"

의원이 잠시 말을 멈추고 모두의 얼굴을 번갈아 바라보았다.

"왼쪽의 맥이 강하게 움직이는 거로 보아 아들일 확률이 높습니다."

"아들!"

세 사람 모두 같은 반응을 보였다.

"어찌할까요?"

"지워주세요!"

가희가 굳은 표정을 지으며 단호하게 말하고 의원과 이첨을 번갈아 바라보았다. 의원이 가희를 바라보며 난감한 표정을 지었다.

"왜 그러시는지요?"

의원이 대답하지 않고 시선을 이첨에게 주었다.

"잠시 자리 좀 비켜주시겠소."

이첨이 말과 동시에 만덕을 주시하자 만덕이 의원과 함께 밖으로 나갔다.

"정녕 낙태하려는가?"

"마님, 고심 끝에 내린 결정이옵니다. 그러니…"

"의원 말로는 낙태하는 경우 태아에게 미세한 독을 주입하여 생명을 끊어야 하는데. 그런 경우 차후에 아이를 가질 수 없다는데 그래도 괜찮겠느냐?"

가희가 시선을 천장으로 주었다. 순간 선조의 얼굴이 그려지고 있었다. 가볍게 치를 떨고 시선을 이첨에게 주었다.

"소녀의 운명은 이미 세자저하와 마님과 함께입니다. 그러니 계획대

요부 김가희

로 진행하였으면 좋겠습니다."

이첨이 담담한 표정을 짓고 있는 가희의 손을 잡고 저 역시 잠시 천장을 바라보았다.

"자네 뜻이 정령 그러하다면 그리하도록 하자꾸나."

"그리고, 마님!"

"말해 보거라."

"낙태 후 의원은 어찌 처리하시려는지요?"

가희가 방문을 바라보며 목소리를 한껏 낮추었다. 이첨 역시 시선을 방문으로 주었다.

"입을 막아야 하지 않겠느냐?"

"제 생각은 그렇지 않습니다. 어차피 의원은 제 배에 들어 있는 아기가 누구의 아기인지 모르는 상태고 또 훗날 어찌 될지 모르니 마님과 저의 보호장치로 살려두는 게 이로우리라 생각합니다."

이첨이 잠시 생각에 잠겨 들었다 미세하게 미소 지었다.

"생각해 보니 자네 말이 일리 있네. 그러면 그 일은 자네 말대로 하겠네."

말을 마친 이첨이 가희의 양어깨를 부드럽게 잡았다 자리에서 일어났다.

"수술이 쉽지 않을 거야. 마음 굳게 먹도록 하거라."

이첨이 밖으로 나서고 잠시 후 의원이 들어섰다.

선조, 쓰러지다

"내가 이런 날이 올 줄 알았지."

선조가 이른 아침에 기침이 심하게 일어나 밖으로 나섰다가 기가 막혀 쓰러지는 일이 발생하자 중궁전에 후궁들이 몰려들고 있었다. 얼추 자리하자 중전이 후궁들로 중궁전이 가득 찬 모습을 살피다 안타깝다는 듯 혀를 찼다. 그에 따라 인빈 김 씨(인조의 할머니), 온빈 한 씨 등 모든 후궁 역시 근심스런 표정을 지었다.

"어의 허준이 있으니 조만간 쾌차하시지 않겠어요?"

"우리 모두가 전하의 병의 원인을 잘 알고 있는데. 설령 천하의 허준 아니라 천지신명이 오신다 한들 어찌하시겠소. 그런데, 김 상궁은 괜찮은가?"

인빈 김 씨가 온화하게 말을 잇자 중전이 냉소하듯 말을 받았다. 순간 모두의 시선이 가희에게 쏠렸다. 얼굴 가득 수심이 어리고 있는 가희가 차마 대답하지 못하고 고개 숙였다.

"전하께서 쓰러질 정도니, 자네 이야기는 해서 무엇하겠는가."

"그러게 말이에요."

중전의 말에 지난해 말 왕자 이계를 잉태한 온빈이 혀를 차자 가희 곁에 앉아 있던 인빈이 가희의 손을 잡았다. 그 손을 바라보자 문득 낙태 수술을 받고 난 후 의원과 단둘이 나누었던 대화 내용이 떠올랐다.

"수술은 성공적으로 마쳤소."

의원이 이마에 송골송골 맺힌 땀을 씻어 내며 온몸이 땀으로 범벅이 되어 탈진 상태에 빠져들던 가희를 바라보았다. 가희가 안간힘을 써서 몸을 일으켜 세우려 하자 의원이 가희의 몸을 가볍게 눌러 누워있도록 했다.

가희가 고개 들어 자신의 가운데를 바라보았다. 이미 치마가 입혀 있었다.

"당분간 움직이지 마시오."

"제가 염두에 두어야 할 사항은 없는지요?"

"그를 말하기 전에 먼저 수술이 어떻게 진행되었는지 설명해드리죠."

말과 동시에 의원이 얇은 대롱과 끝이 뭉툭한 장침을 보여주었다.

"처자의 생식기를 벌리고 이 대롱을 태아에게 맞추고 끝이 뭉툭한 바늘에 미세한 독을 발라 주입하였습니다."

의원의 말에 가희가 눈을 깜박였다.

"뒤이어 핏덩어리로 변한 태아의 잔여물을 모두 긁어냈소. 이어 그곳을 머위 뿌리 달인 물로 깨끗하게 씻어 냈소."

가희가 고개를 옆으로 돌리자 피로 흠뻑 물든 헝겊이 수북하게 쌓여 있었다. 그를 바라보자 가희의 눈가가 촉촉해지고 있었다.

"의원님, 아들인지 딸인지 여쭈어보아도 되겠습니까?"

"임신 한 지 얼마 되지 않아 그를 확인할 길은 없었소. 다만 잠시 전 말했던 것처럼 맥의 움직임으로 보면 아들일 확률이 높았소."

"그리고 아까 말씀하신 것처럼 이후로는 임신할 수 없는 게 확실합니까?"

"그러하오."

의원이 확고하게 단언하자 기어코 가희의 얼굴로 눈물이 흘러내렸다.

"기왕지사 이렇게 된 마당에 제게 주의 주실 이야기나 해주세요."

가희의 얼굴에 흐르는 눈물이 입으로 들어가기 시작했다.

"앞으로 잠자리를 삼가십시오."

"그게 무슨 말씀이신가요!"

가희의 목소리가 절로 올라갔다. 선조와 지속적으로 잠자리를 가지기 위해 위험한 수술에 목숨까지 담보했었는데, 잠자리를 삼가라 했으니 가희로서는 실로 난감하기 짝이 없었다.

"처자에게는 별문제 없겠지만…."

"그런데요?"

"남자의 음경이 그 부위에 닿으면 아무래도…."

이번에도 의원이 시원하게 말을 끝맺지 못했다.

"정확하게 말씀 주십시오."

가희의 단호한 말투에 의원이 당혹스런 표정을 지었다.

"나로서도 확단하기는 힘들지만, 남자의 음경이 그곳에 닿으면 독이 주입될지 모르니 어느 정도 기간까지는 아무래도 후유증으로 인해 곤란한 지경에 처하지 않을까 염려되오.”

“확실한 건 아니지요?”

의원이 잠시 생각에 잠겨 들다 무겁게 고개를 끄덕였다.

“그저 아쉬울 뿐입니다.”

“그건 무슨 소린고?”

이미 할머니 나이에 접어든 인빈이 의아하다는 듯한 표정을 지었다.

“전하께서 소녀에게도 성은을 베푸시겠다고 다짐하셨는데….”

말을 채 마치지 못한 가희가 울상을 지었다.

“하기야. 우리들이야 자식들이라도 있지만 김 상궁은 그도 없으니 그야말로 이도 저도 아닌 꼴이 되겠습니다.”

온빈이 아쉽다는 듯 말을 이었다. 그 모습을 바라보자 문득 며칠 전 선조와 함께했던 저녁이 주마등처럼 스쳐 지나갔다.

“오늘은 소녀 반드시 전하의 성은을 입도록 할 것이옵니다.”

“아무렴, 반드시 그래야지.”

말을 마친 가희가 천천히 옷을 벗고 침대로 올라가 침대에 앉아 있는 선조의 옷을 벗기기 시작했다. 옷을 벗기면서 가만히 선조의 피부를 만져보았다. 처음 접했을 때보다 피부의 탄력이 눈에 띨 정도로 떨어졌다.

상체를 벗기고 하의를 벗기며 선조의 가운데를 바라보았다. 이전 같았으면 불같이 화를 내고 있을 선조의 가운데가 평상심을 유지하고 있었다.

"전하!"

옷을 모두 벗긴 가희가 선조의 가운데를 바라보자 선조 역시 그곳을 바라보며 한숨을 내쉬었다.

"이를 어째…."

"아무래도 네가 수고 좀 해야겠구나."

"소녀가 어찌해야 하는지요?"

선조가 난감한 표정을 지었다. 지금까지 선조가 가진 잠자리는 자식을 가져야 한다는 일념으로 모든 행위를 선조가 주관했던 터였다.

"이리 오너라."

잠시 가희의 나신을 바라보던 선조가 양팔을 벌리자 가희가 마치 기다리고 있었다는 듯 곧바로 품으로 들어갔다. 잠시 양팔에 힘을 주었던 선조가 가희의 몸을 더듬기 시작했다. 가슴을 시작으로 점점 아래로 내려가 잠시 배를 쓸더니 곧바로 가희의 생식기를 어루만지기 시작했다.

선조의 손가락이 생식기를 파고들기를 잠시 후 가희의 코와 입에서 나온 가식적인 뜨거운 기운이 선조의 가슴에 부딪쳤다. 그를 감지한 선조가 시선을 자신의 가운데로 주었다. 가희 역시 그 시선을 따라갔다.

한마디로 요지부동이었다. 가희가 원망스럽다는 투로 선조의 가운데를 바라보자 선조의 손가락의 움직임이 속도를 더하기 시작했다. 가희의 입에서 알 듯 모를 듯한 신음이 이어졌다.

"아무래도 안 되겠다. 네가 해 보거라."

한창 몸이 달아오르는 중에 선조가 손가락을 빼고 간절한 표정을 지으며 가희를 주시했다. 가희가 아쉬운 표정을 지으며 가운데에서 놀던 선조의 손가락을 입으로 가져가 부드럽게 핥기 시작했다.

이어 자신의 손으로 또 입으로 선조의 가운데를 공략하자 그곳이 서서히 기지개를 켜기 시작했다. 조금 더 적극적으로 움직이자 전과는 비교할 바는 못되지만 나름대로 형태를 갖추었다.

그를 살핀 가희가 선조의 품에서 벗어나 자리에 누웠다. 선조 역시 자신의 가운데를 바라보며 회심의 미소를 잠깐 머금고는 가희의 위로 몸을 기울였다. 그리고 자신의 가운데를 집어놓고 왕복운동을 시작했다.

잠시 후 가희의 시선에 선조의 얼굴에 미세하게 힘줄이 돋아나는 모습이 들어왔다. 걱정스러운 표정으로 그 모습을 주시하는 순간 선조의 가운데에서 나온 미지근한 기운이 가희의 생식기 속으로 쏟아졌다.

누운 상태에서 선조의 얼굴을 유심히 바라보았다. 힘줄이 서서히 사라지면서 허탈한 표정이 역력하게 드러나고 있었다. 그를 감지한 가희가 자리에서 일어나 선조의 가슴을 파고들었다.

"전하, 성은에 다시 감사드리옵니다. 이번에는 반드시 회임하였을 것입니다."

희망으로 가득 찬 가희의 표정과는 달리 선조의 얼굴은 흡사 벌레 씹은 듯 묘하게 변해 가고 있었다.

"중전마마, 전하의 건강 상태가 일시적으로 호전되고 있다 합니다."

"자세히 일러보거라."

"어의 허준이 급하게 약을 올리고 그 약을 드신 후에 상태가 호전되고 있다 합니다."

중전과 후궁들이 이런저런 대화를 나누는 중에 중궁전의 나인이 들어와 선조의 상황을 전했다.

"그게 약으로 해결될 일이지 않은가."

그때까지 침묵을 지키고 있던 정빈 민 씨가 근심 가득한 표정을 지으며 입을 열었다. 그 소리에 모두의 얼굴에 다시 근심이 어렸다.

"세자저하는 지금 어디에 계시는고?"

"지금 세자저하께서 모두를 물리고 전하와 단둘이 자리하고 있는 모습을 보고 내쳐 달려왔습니다."

중궁전 나인을 바라보던 인빈이 중전을 주시했다.

"중전마마, 우리도 여기에 이러고 있을 게 아니라 대전으로 들어가 전하를 보필해야 하지 않겠는지요?"

가희가 차분하게 말을 잇고 모든 사람들의 표정을 찬찬히 살펴보았다.

"지금 세자저하와 두 분이 함께 계시다는 데 우리가 방해해서는 안 될 일이야."

인빈이 힘주어 이야기하자 중전을 제외한 모든 후궁이 고개를 끄덕였다.

맞불

선조의 건강 악화로 가희의 역할이 축소되었다. 잠자리는 언감생심 꿈도 꾸지 못하는 선조의 식사 수발을 가끔 들며 형식상 왕자 의를 접하는 일이 전부였다. 그로 인해 가희가 홀가분하게 자유를 만끽할 수 있었다.

그러던 한 날 오후 궁궐을 벗어나 관인방(현 인사동 일대)에 위치한 이첨의 집으로 방향을 잡았다. 궁궐을 벗어나자 거리 여기저기에 늘어선 나무들의 잎이 울긋불긋하게 물들어 있었다. 잠시 걸음을 멈추고 저만치에 노랗게 물들어 있는 은행나무로 시선을 주었다.

그를 살피며 가까이 다가섰다. 나무 아래에 은행들이 여기저기 떨어져 있었다. 그 옆에 있는 은행나무를 바라보았다. 거짓말처럼 나무 아래가 깨끗했다. 다시 시선을 떨어진 은행으로 주었다.

가희 앞에 있는 은행나무는 암놈이었던 게다. 그를 바라보며 길게 한숨을 내쉬었다. 나무도 암놈이면 씨를 잉태하여 세상에 드러내는데 자신은 이제 더이상 자식을 잉태할 수 없다는 사실에 눈가에서 옅은 액체가 내비쳤다.

고개 돌려 행궁으로 시선을 주었다. 병색이 완연하여 서서히 침몰하는 선조의 얼굴 그리고 한창 혈기 왕성한 세자 혼의 얼굴이 겹쳐 그려지고 있었다. 그러기를 잠시 후 선조의 모습은 흔적도 없이 사라졌다.

다시 고개 돌려 이첨의 집으로 걸음을 옮기기 시작했다. 길을 가는 중 문득 며칠 전 중전과 마주했던 일이 떠올랐다.

"마마, 소식 들으셨는지요?"

"무슨 소식 말인가?"

"당연히 전하에 관한 소식이지요."

중전이 가볍게 한숨을 내쉬었다.

"무슨 일이라도 있는가요?"

"무슨 일이 아니라 김 상궁 외에는 그 누구도 나를 가까이하지 않으려 하는 모습들을 보여서 그러네. 그런데 전하의 상태가 어떻다는 말인가?"

선조의 병세가 점점 악화되자 후궁들이 노골적으로 세자의 눈치를 살피기 시작했다. 그 일에 인빈이 앞장서고 있었다.

"어의들 사이에서 이제는 가망이 없다는 말들이 흘러다닌다고 합니다."

"그렇다면…."

"그래서 여쭙는 말씀인데, 어찌하시렵니까?"

"무슨 말인가."

"지금 내명부를 살피면 이미 모두 세자 쪽으로 기울지 않았습니까. 마마와 저만 제외하고."

"그렇다고 보아야지."

중전이 가느다랗게 한숨을 내쉬며 말을 받았다.

"마마, 이대로 가만히 있을 수는 없는 노릇이지 않습니까?"

"김 상궁에게 무슨 묘안이라도 있는가?"

"묘안을 떠나서 마지막으로 시도해 보아야 하지 않을는지요."

"구체적으로 말해보게."

"들리는 바에 의하면 영의정 유영경이 왕자께서 적장자로 보위를 이어야 한다고 강력하게 주장하고 있다 합니다."

"영의정이 말이지!"

중전이 영의정을 되뇌며 본능적으로 주위를 둘러보았다.

"제게 말 못 할 사정이라도 있습니까?"

"그게 아니라…."

중전이 말하다 말고 가희를 빤히 바라보았다.

"마마, 소녀를 믿지 못하시는지요?"

중전의 표정을 살피며 가희가 서글프다는 듯 미간을 찌푸렸다.

"실은 그 일로 영의정을 만나보았다네."

"네!"

가희가 마치 뜻밖이라는 듯 목소리를 높였다. 물론 가희가 중전이 은밀하게 영의정 유영경을 만난 사실을 알고 있었다. 그런 연유로 두 사람 사이에 모종의 협의가 있지 않았을까 하는 생각에 중전을 찾았던 터였다.

"마마, 지금 마마와 소녀는 한 운명임을 잘 아시겠지요."

"물론 그러하네."

"그런 경우라면 둘 다 살아야지요."

중전이 시선을 천장으로 주고는 잠시 사이를 두다 한숨을 내쉬었다.

"전하와 영의정 두 사람이 비밀리에 회동하였다네."

"무슨 일로 말인지요?"

"물론 내 아들 의와 차기 보위에 관해서였네."

"그런데요?"

"보위를 세자에게 넘기는 대신 내 아들 의에 안전을 보장한다는 이야기였네."

"세자에게 보위를 넘기다니요!"

"전하께서도 어쩔 도리가 없어 그리 결정하신 모양이야. 아울러 그를 문서로 만들어서 영의정이 지니고 있다 하네."

"영의정이 그를 감추고 있다는 말씀으로 들립니다."

"자신의 집에 은밀하게 보관하고 있다고 하는데, 여하튼 기회를 엿보고 있다고 간주하는 게 타당하지 않겠나."

순간 가희의 눈이 반짝였다.

"그렇다면 아직도 가능성은 열려 있다는 말씀이십니다."

"그렇다고 보아야지."

중전이 안도의 한숨인지 모를 숨을 내쉬었다.

"마마, 권력이란 그 누구와도 나누지 못한다고 들었습니다. 부모와 자식 간이라도…"

가희가 슬그머니 말꼬리를 흐리자 중전의 얼굴에 긴장감이 들어찼다.

"지금에 형국이 딱 그러하지 않은가. 그런데 왜?"

오부 김가희

"전하께서 왕자의 안전을 보장하도록 조처 취하셨다지만 전하께서 돌아가시게 된다면 왕자님의 앞날은 어찌 전개될지 몰라 그러하옵니다."

"그야 그렇지."

힘없이 답하는 중전의 얼굴이 어둡게 변해 갔다.

"그러니 마마께서 더욱 강하게 밀어붙이셔야지요."

길을 가는 가희의 얼굴에 순간적으로 미소가 감돌았다. 어제저녁 무렵 선조의 부름을 받고 침전으로 들어 잠시 만남을 가졌던 일이 떠올랐기 때문이었다.

"가희야!"

자리에 누워있던 선조가 가희의 모습을 확인하며 가래 섞인 목소리로 부르며 몸을 일으켜 세우려 했다. 순간 가희가 다가가 선조를 부축해서 자신의 조그마한 가슴으로 선조를 품에 안았다.

"전하, 소녀 가희옵니다."

가희가 눈물이 흘러내리는 얼굴로 선조의 얼굴에 마주했다. 잠시 후 선조로부터 미세하지만 죽음의 냄새가 흘러나왔다. 그 냄새에 가희의 목구멍으로부터 뜨거운 기운이 솟구쳐 오르고 있었다.

"너무 슬퍼하지 말거라. 어차피 잠깐 왔다 가는 게 인생 아니냐."

"다른 사람은 몰라도 전하께서는 그리돼서는 안 되지요. 그러면 남아 있는 소녀는 어찌하란 말씀이신가요!"

가희가 선조를 두른 팔에 힘을 주었다.

"가희야, 지금 짐이 무슨 생각을 하는 줄 아느냐?"

"말씀 주세요."

"가희 때문에 짐이 일찌감치 생을 마감하는 게 아닌가 하는 생각이 드는구나."

순간 가희가 움찔거렸다.

"가희를 만나 누리는 진정한 행복을 신이 시기한 것이지. 암 그렇고말고."

가희가 속으로 안도의 한숨을 내쉬었다.

"전하께서는 신도 이길 수 있잖아요. 그러니 이렇게 가셔서는 안 되지요."

"가희야!"

"네, 전하!"

"짐이 가희를 만나고 사랑이란 걸 알게 되었단다."

선조가 힘겹게 한숨을 내쉬었다.

"이해되지 않사옵니다."

"너를 만나기 전까지 남자와 여자의 결합은 그저 자식을 많이 낳아 자신의 뒤를 잇도록 하는 일이라 여겼었다. 그런데 너를 보는 순간 짐의 가슴속에서 새로운 기운이 솟구쳤단다. 말로 표현하기 힘든 알 듯 모를 듯한 벅찬 느낌이 일어났지."

"소녀 역시 그러하옵니다. 그런 연유로 기꺼이 전하께…."

가희가 말을 멈추고 선조의 입에 입을 맞추었다.

"고마운 말이로구나. 여하튼 너에게 반해 짐은 차마 인간으로서 하지 말아야 할 일을 서슴지 않았구나."

"그게 무슨 말씀이신지요?"

선조가 대답에 앞서 허탈하다는 듯한 표정을 지었다.

"아마도 역사는 짐을 아들의 연인을 빼앗은 왕으로 기록하지 않을까 싶구나. 더하여 자신의 연인에게 이름까지 지어 준 왕으로 말이야."

말을 마친 선조가 길게 한숨을 내쉬자 가희가 차마 입을 열 수 없었다. 그저 선조의 입만 바라보았다.

"짐이 세자에게 당부했다. 짐의 뒤를 이어 보위에 오르게 될 때 가희를 소중하게 대우해달라고."

가희가 가만히 선조의 말을 헤아려 보았다. 선조 역시 대세를 거스를 수 없었던 모양으로 세자의 왕위 승계를 기정사실화 했다.

"세자저하께서 어떻게 하신다고 해요?"

"자신의 곁에 두고 중히 여기겠다고 하였다."

순간 측천무후가 머리에서 감돌다 이내 사라졌다.

이첨의 집에 들자 곧바로 사랑으로 향했다. 기별을 받고 기다리고 있던 이첨에게 최근 조정 상황을 낱낱이 전해주었다.

"유영경 이놈이 죽지 못해 환장한 게로구나!"

"그래, 어찌하실 참이신지요?"

흥분을 가라앉히기라도 하듯 길게 숨을 내쉰 이첨이 잠시 생각에 잠겨 들었다.

"전하께 앞으로 어느 정도 시간이 남았다 생각하느냐?"

이번에는 가희가 잠시 생각에 잠겨들었다.

"쉽사리 숨을 거두지 않으리라고 보입니다."

"무슨 소리냐, 지금 전혀 정무를 보지 못할 정도라며."

"그는 맞는 말씀입니다만, 워낙에 몸에 좋다는 약들을 챙겨 먹었으니 약 기운으로도 어느 정도 연장되지 않을까 싶습니다."

이첨이 가만히 약을 되뇌었다.

"하기야. 죽을 때 약 기운 때문에 죽지 못하고 고생하는 경우도 종종 있으니…."

말하다 말고 가희를 주시했다.

"왜요?"

"심기를 자극해서 빨리 보내드려야겠다는 생각이 일어났네."

"방법이 있으신가요?"

"방법은 그저 빨리 죽으라는 게 방법이지."

이첨이 슬그머니 미소 지었다. 가희가 그 미소의 의미를 알려달라는 듯이 빤히 주시했다.

"영의정 유영경을 귀양 보내고 이만 세자에게 선위하고 건강에 오로지하라는 상소를 낼 일이로다."

가희의 얼굴에서도 미세하게 미소가 감돌았다.

"그리고 하나 더요?"

"말해 보거라."

"혹시 몰라서 드리는 말씀인데 선조께서 승하하시면 세자저하께서 곧바로 보위를 이어받으라고 주문을 주세요."

"그 무슨 소린가?"

"선조께서 생을 마감하게 된다면 저 때문일지도 모른다는 생각이 일어나 그렇습니다."

"그러려면…."

이첨이 말하다 말고 가희를 주시했다.

"내가 듣기로는 중전과 가까운 관계라 들었는데…, 물론 표면상으로 말이야."

"중전은 저와 한배를 타고 있다고 착각하고 있지요. 그런데 그게 무슨 상관있는가요?"

"전하께서 승하하시면 중전이 곧바로 대비에 오르고 궁궐 최고 어른이 되지 않는가. 그러니 순탄하게 보위를 이어받으려면 대비의 허가가 필요하지."

가희가 눈을 깜박이며 대비를 되뇌었다.

보위에 오르다

"중전마마, 변고입니다."

가희가 창백한 표정으로 중궁전에 들어섰다.

"변고라니, 그럼 전하께서 기어코…."

말을 마치지 못한 중전이 두 살이 채 되지 않은 아들 의를 바라보았다. 그러기를 잠시 후 곤룡포를 입고 재롱을 부리던 의를 부둥켜안고 눈물을 쏟기 시작했다.

"마마, 고정하시옵소서."

"이럴 줄 알았지만 막상 현실로 닥치니 막막하기 그지없네."

울음을 멈춘 중전이 소매로 눈물을 지우기 시작했다.

"소녀 역시 난감하기 그지없습니다."

"당연히 그러하겠지. 여하튼 어떻게 돌아가셨는지 그 사연은 알고 있나?"

"점심으로 동궁전에서 찹쌀밥을 올렸는데, 전하께서 소녀에게 식사 수발을 거들라 하여 소녀가 식사를 거드는데 그만 기가 막혀서…."

"동궁전에서 점심을!"

"그러하옵니다."

"왜 동궁전에서 식사를 올렸다는 말인가!"

중전의 얼굴에 의심이 가득 들어차고 있었다.

"소녀도 그 대목이 이해되지 않습니다. 혹시 세자저하께서 모종의 계략을 감추고 있는 게 아닌가 하는 의심이 일어납니다."

"세자가 무엇 때문에?"

"상소 문제로 곤란한 지경에 처하지 않았습니까? 그래서 그를 만회하기 위해 그런 게 아닌가 하는 생각입니다."

새해가 시작되는 날 이첨이 세자의 대리인 격인 전 공조참판 정인홍을 앞세워 영의정 유영경을 탄핵하는 상소를 올렸다. 그와 함께 선조를 향해 이른 시일에 세자에게 전위하고 오로지 건강에 유념하라 강하게 요구했다. 그 일로 세자가 진퇴양난의 지경에 빠진 일을 의미했다.

"그러면 혹시 찹쌀밥에 독을 탔을 수도 있다는 말이냐?"

"반드시 그렇다는 이야기는 아닙니다. 제가 식사 수발을 들었고 또 그런 경우 전하 주변을 둘러싸고 있는 어의들이 그를 모를 턱이 없지 않겠습니까."

"운이 다한 게야."

잠시 생각에 잠겨 들었던 중전이 한숨을 깊게 내쉬었다. 중전의 낙담한 표정을 지켜보며 가희가 어제 상소 문제로 궁궐에 들었던 이첨과 만났던 일을 회고했다.

"이제는 모든 게 자네 손에 달려 있네."

만나자마자 이첨이 가희를 구석진 곳으로 이끌었다.

"마님은 이제 어찌 되는지요?"

"결국 이번 일에 관련된 사람들은 유배형에 처할 거야."

"그런 경우 소녀가 어찌해야 하나요?"

가희가 가볍게 신음을 토하자 이첨이 주변을 살펴보았다. 궁궐의 어수선한 상황으로 인해 궁인들의 모습은 보이지 않았다.

"방금 전 어의 중 한 사람과 긴밀하게 이야기를 나누었는데…"

말을 멈춘 이첨이 다시 주위를 살피고 말을 이었다.

"지금 전하의 증세는 소갈증(당뇨병)으로 상당히 위중한 상태라 하는구나."

"그게 저와 무슨 연관이 있는지요?"

"그 병에는 찹쌀밥이 치명적이라 언급했다."

가희가 이해되지 않는다는 듯 고개를 갸웃거렸다.

"찹쌀밥이 소화에 효험이 있지만 소갈병 환자들에게는 그 역으로 소화기능에 치명적 부작용을 일으킬 수 있단다."

"그러면 전하께 찹쌀밥을 드시게 하라는…"

"바로 그 말이다. 할 수 있겠느냐?"

"하고 말고의 문제가 아니지 않습니까!"

가희가 결연한 표정을 지으며 단호하게 답했다. 그 모습에 이첨이 가희의 손을 잡았다. 순간 가희가 본능적으로 주변을 살피자 이첨이 헛기침하며 손을 놓았다.

"혹시 상소 내용 중에 중전에 대해서도 언급하셨는지요?"

아무래도 중전과 관련한 사항은 미리 알아두어야 할 듯했다.

"물론 언급되었지."

"어떻게요?"

"중전을 유사 이래 가장 훌륭한 후궁으로 치켜세웠다. 유사시에 달아날 구멍조차 막아버렸으니 그는 걱정하지 않아도 된다."

가희가 이첨의 말을 되새기며 고개를 끄덕였다.

"마님께서 유배형에 처해지면 언제 다시 만나 뵈올 수 있는지요?"

"그걸 내게 물으면 어떡하냐?"

"그 말씀은."

"그 일은 전적으로 자네 손에 달려 있다 하지 않았느냐."

가희의 얼굴이 점점 굳어졌다. 반면에 이첨의 얼굴에서는 가느다란 미소가 흘러나오고 있었다.

그리고 오늘 아침 일이다. 가희가 아침 일찍 문안 인사를 위해 대전으로 드는 세자를 만났다. 세자에게 내관에게 그날 점심은 동궁전에서 올릴 것이라는 지시를 내려주기를 당부하고 곧바로 세자빈 유 씨를 만났다.

"이 이른 시간에 김 상궁이 어인 일인가."

"요즈음 마음이 뒤숭숭해서 잠도 제대로 이루지 못하고 있습니다."

가희가 동문서답하자 세자빈이 아리송한 표정을 지었다.

"다름이 아니오라 오늘 점심은 마마께서 수고 좀 해주셨으면 하여 들렀습니다."

"수고라니, 당연히 해야 할 일이지. 그런데 왜 갑자기 동궁전에서…?"

가희가 대답하지 않고 그저 미소만 보였다.

"결국 동궁전을 부려먹으려…."

세자빈이 미간을 찌푸렸다. 가희가 중궁전에 머물러 있으니 그 지시를 중전의 의지로 받아들이고 있는 모양이었다.

"마마께서 하해와 같은 아량으로 덮어주시옵소서."

"그런 일 한두 번 겪어보았는가."

세자빈이 자학하듯 말을 잇자 가희가 조용하게 미소를 보냈다.

"그래, 음식은 무엇으로 준비하면 좋겠나?"

"음식에 대해서는 별말이 없었는데 마마께서는 어떤 음식이 좋겠습니까?"

"글쎄 너무 급박한 터라…."

세자빈이 골똘히 생각한다는 듯 심각한 표정을 지었다.

"마마, 찹쌀밥이 어떠할지요?"

"그게 좋겠군."

세자빈이 찹쌀밥을 되뇌며 활짝 웃었다.

"그런데 지금 전하의 상태는 어떠하신가?"

"별다른 차도 없이 여전하십니다."

"그 이야기는?"

"약 기운으로 버티고 있는 상태입니다."

세자빈이 길게 한숨을 내쉬었다.

요부 김가희

"그건 그렇고 김 상궁에게 정말 고맙네, 이를 어찌 보답할지 알 수 없네."

"당연히 해야 할 일이옵니다. 그러니 염두에 두지 마십시오."

"그래, 조금만 참고 기다리게. 훗날 저하께서 반드시 그 이상으로 보답하실 거야."

"그저 말씀만으로도 고맙습니다."

가희가 진정을 담아 이야기하자 세자빈이 가희의 손을 잡았다.

"그런데 이따 식사 준비를 마치면 어떻게 할까?"

"오늘 점심 수발은 제가 들기로 되어있으니 조 나인을 시켜 제게 전해 주시면 좋겠습니다."

"조 나인에게는 김 상궁이 따로 이야기하겠지."

잠시 생각에 잠겼던 가희가 고개를 끄덕였다. 이어 자리를 물리고 조 나인에게 찹쌀밥을 짓되 질게 한 그릇 그리고 고두밥이 될 정도로 되게 한 그릇을 준비하라 일렀다.

"중전마마, 아니 대비마마. 이제 소녀는 어찌해야 하는지요?"

"대비라…."

"명목상 중전마마의 아들인 세자가 보위에 오르게 되니 당연히 대비마마시지요."

"아직 세자가 보위에 오르지 않았으니 대비라 칭하면 안 되지."

가희가 중전의 얼굴을 주시했다. 중전의 얼굴에 곤혹감이 들어찼다.

"어찌하시렵니까?"

"김 상궁의 생각은 어떤가?"

"마음 같아서는 절대로…."

"절대로 뭔가?"

"세자가 보위에 오르게 해서는 안 되지요."

"그게 가능하겠나?"

가희가 반문하는 중전의 표정을 상세하게 살폈다. 중전이 마음의 갈피를 잡지 못하고 있다는 듯 표정이 시시각각 변했다. 그를 살피며 가희가 울상을 지었다.

"왜 그러느냐?"

"그럴 수 없으니 문제 아닌지요."

"결국 세자가 보위에 오르는 일을 승인해야 한다는 이야기인데…."

중전이 말하다 말고 품 안에 있는 아들 의를 바라보았다.

"세자가 보위에 오르면 우리 의의 안전은 보장될지 모르겠구나."

말과 동시에 깊은 한숨을 내쉬었다.

"아무러면 이렇게 어린 왕자님을 해할까요."

"그야 모르는 일 아닌가."

"권력의 문제 아닐는지요?"

"그 말은?"

"왕자님으로 인해 권력을 빼앗길 수 있다는 가능성이 있다면 어떤 조처를 취하겠지요."

"말인즉 앞으로 쥐 죽은 듯 지내야 한다는 의미네."

가희가 가만히 고개를 끄덕이며 의를 바라보았다.

"마마, 제게 좋은 생각이 들었습니다. 왕자님도 무탈하시고 저도 살 방법입니다."

"말해보게나."

"마마께서 먼저 선수를 두는 일입니다."

"선수라니!"

중전의 눈이 동그랗게 변해 갔다.

"마마께서 곧바로 세자의 선위를 인정하는 교서를 내리는 일입니다. 그런 경우 세자는 물론 주변 사람들도 마마님과 왕자께서 조금도 권력에 욕심을 지니지 않는다 생각할 것입니다."

가희가 간곡한 표정을 짓자 중전이 천천히 고개를 끄덕였다.

후궁

오후 늦은 시간에 대비와 왕자 의의 재롱을 즐기는 중에 동궁전에 근무하다 대전으로 이동한 조 나인이 보위에 오른 임금이 찾는다는 전갈을 전해왔다.

"무슨 일로 찾는다 하였느냐?"

조 나인과 가희를 번갈아 바라보는 대비의 표정이 어둡게 변해 갔다.

"그 이유는 모르옵니다. 전하께서 그저 급히 김 상궁을 데려오라 하셨습니다."

"마마, 걱정하지 않으셔도 될 듯하옵니다."

"그건 무슨 소리인가?"

"전하께서 소녀를 벌하고자 하신다면 조 나인을 보낼 일이 아니지 않사옵니까?"

"하기야 그렇지. 그런데 뭐 짐작이라도 가는 일이 없나?"

대비의 표정이 평안하게 변하고 있었다.

"혹시…"

"마저 말해보게."

"갑자기 선왕 마마께서 타계하시기 직전에 모셨던 일이 생각납니다."

선왕이란 소리에 대비의 눈시울이 붉어지며 가벼이 한숨을 내쉬었다.

"아직도 그리우신지요?"

"아무리 탐탁지 않았어도 제 서방이 최고라는 말이 불현듯 생각나서 그러네. 그런데 선왕이 뭐라 하였나?"

"선왕께서 마마와 왕자님 그리고 소녀에 대해 전하께 각별하게 당부하셨다고 하였습니다."

물론 대비와 의에 관련한 이야기는 없었다. 그러나 그를 알 길 없는 대비가 다시 가늘게 한숨을 내쉬었다.

"그렇다면 주상이 그 약조를 지키겠다는 의미로 받아들여도 되겠나?"

"그리 생각하셔도 무방할 듯하옵니다. 포졸이나 내시가 아닌 대전 나인을 보내 찾으시는 모습을 보니 그런 듯하옵니다."

"그렇다면 천만다행이네."

"상궁님 어서 일어나시지요. 전하께서 급히 모셔오라 하셨습니다."

대비와 가희의 대화가 길어지자 조 나인이 긴장된 표정을 지으며 재촉했다.

"이런 방자한 게 있나!"

순간 가희가 소리를 높였다. 대비는 물론 조 나인이 어리둥절한 표정을 지었다.

"너는 지금 내가 누구와 대화를 나누는지 알지 못하겠냐!"

"그야, 대비마마…"

"대비마마가 누구시냐?"

"공적으로는 전하의 어머니 그리고 조정 최고 어른이…"

"그런 사실을 알면서도 재촉한다는 말이냐!"

가희가 조 나인의 말을 끊고 다시 소리를 높였다. 그 모습을 대비가 흐뭇한 표정을 지으며 바라보았다.

"자, 이제 그러지 말고 그만 가보게."

대비의 은근한 시선이 이어지자 가희가 못 이기는 체 자리에서 일어 났다. 그를 기다리고 있었다는 듯 조 나인이 서둘러 방문을 열었다. 대 비전을 벗어나자 조 나인이 곁에 바짝 붙어 싱글벙글했다.

"뭐가 그리 좋아 웃느냐?"

"좋아서 웃는 게 아니에요."

"그러면?"

"우스워서 웃는 거지요."

"뭐라, 무엇 때문에?"

"대비마마만 모르는 듯해서요."

"무엇을 말이냐?"

"상궁님이 이제 내명부의 실세라는 사실 말이에요."

"무슨 소리를 그리 함부로 지껄이느냐!"

가희가 표정변화 없이 은근하게 소리를 높였다.

"다들 그리 알고 있는데요."

조 나인이 조금도 물러서지 않고 말을 잇자 가희가 가만히 미소를 보 였다.

"그래서 등잔 밑이 어둡다는 말이 있는 게 아니겠니. 그건 그렇고 나를 어디로 데려오라 하시던?"

"상궁님이 맞추어보세요."

조 나인이 생글거렸다.

"바로 말하지 못하겠느냐!"

"침전이요, 침전."

가희가 멈추어서 핏대를 올리자 곧바로 답이 이어졌다. 가희가 침전을 되뇌며 측천무후를 떠올렸다. 측천무후의 꿈을 품고 궁에 들어왔건만 자신의 처지가 이상하게 변했다. 가희는 혼과 아들 지를 생각하고 있었는데 뒤죽박죽이 되어 버렸다.

혼에 이어 선조 그리고 다시 혼에게 돌아가는 이상한 형국이었다. 그러다가 왕자 지를 떠올려보았다. 그렇다면 지금부터 새롭게 시작해야 하는가 하는 생각 역시 떠올랐다. 그러기를 잠시 후 고개를 가로저었다.

"지금 이 시각에 침전으로 불렀다는 말이지?"

"그래서 왕이 좋은 거 아닌가요."

"자네 상궁 되고 싶지 않냐?"

조 나인의 반문에 가희가 은근한 표정을 지었다.

"당연히 되고 싶지요. 그런데 아직 기간이 되지 않아서…."

"그게 무슨 상관이냐?"

"궁중 법도가 그러니 할 수 없지요."

"그러면 네가 방금 이야기한 내용은 무엇이냐?"

"제가 뭐라 했는데요?"

137

잠시 생각에 잠겨 들었던 조 나인이 눈을 깜박거렸다.

"왕에게는 불가능이 없다 하지 않았느냐?"

잠시 생각에 잠겨 들었던 조 나인이 허리를 깊이 구부렸다.

"자, 이제 어서 안내하거라."

조 나인의 안내로 침전 앞에 서자 이상하게 가슴이 요동치기 시작했다. 급기야 조 나인이 가희의 도착을 알리고 안으로부터 들이라는 소리가 들려오자 가슴뿐만 아니라 머릿속까지 요동치기 시작했다.

잠시 호흡을 가다듬은 가희가 방문을 열고 안으로 들어섰다. 광해가 환하게 미소 짓고 반기는 모습을 바라보자 갑자기 가슴속으로부터 서러움이 복받치기 시작했다. 이어 그 자리에 철퍼덕 주저앉아 눈물을 흘리자 잠시 후 어깨 역시 따라 울기 시작했다.

그를 살피던 광해가 몸을 일으켜 세워 가희 곁으로 다가가 주저앉은 가희를 품에 안았다. 잠시 가희를 보듬다 그대로 들고 준비된 주안상 앞에 자리했다. 가희가 잠시 눈을 깜박이며 마음을 가라앉히고 마치 죽은 사람마냥 미동도 하지 않았다.

"가희야, 내가 어떻게 보답해야 하니?"

광해의 목소리에 더하여 뜨거운 기운이 가희의 귀로 파고들었다. 가희가 광해의 품에서 잠시 움찔하더니 곧바로 품을 벗어나 옷매무시를 바로 하고 큰절을 올렸다.

"전하, 감축드리옵니다."

"감축드리다니, 오히려 내가 감축드려야 할 일이야."

광해가 다시 가희 곁으로 다가가 손을 잡고 자신의 곁으로 이끌었다.

"자, 내 잔 받게. 감축의 잔일세."

광해가 잔을 채워 가희에게 건네고 빈 잔을 들었다. 가희가 광해의 볼에 가볍게 입을 댔다가 떼고 공손하게 술잔을 채웠다.

"우리 서로를 감축하며 잔을 비우세."

광해의 다정한 말에 잔을 들고 있는 가희의 손이 살짝 떨렸다. 순간 광해가 잔을 부딪치자 두 사람이 동시에 잔을 비워냈다.

"내 은인을 어떻게 모셔야 할꼬."

광해가 잔을 내려놓고 안주도 챙기지 않으며 익살스러운 표정을 지었다. 가희가 저 역시 익살스러운 표정을 지으며 안주를 챙겨 광해의 입에 넣어 주었다. 그에 광해 역시 안주를 챙겨 가희의 입에 넣어 주었다.

"가끔 이렇게 불러 주세요."

"뭐라, 그건 아니 되지."

"하오면."

"내가 바로 가희를 후궁으로 책봉할 거야."

가희가 후궁을 되뇌며 광해의 빈 잔을 채웠다.

"왜 마음에 들지 않느냐?"

"전하, 그 말씀은 재고해주시옵소서."

"재고라니, 그 무슨 소리냐?"

광해가 잠시 의아한 표정을 짓다 잔을 비워냈다. 가희가 다시 안주를 집어 광해의 입으로 넣어 주었다.

"전하, 소녀 전하를 사랑했기에 온몸을 바친 것이지, 소녀 개인의 이익 때문에 그리 한 것은 아니옵니다."

"물론 그야 잘 알고 있지. 그러나 내 입장에서는 가희에게 뭔가를 주어야 마음이 편하지 않겠느냐?"

"정히 그러시다면 언제고 지금처럼 싫다 마시고 대해주세요. 소녀는 그것으로 만족합니다."

"혹시…"

"혹시 무엇인가요."

"내 이이첨에게 이야기 들은 바 있네. 앞으로 아기를 가질 수 없다고."

"물론 그도 그렇지만…"

가희가 말하다 말고 천장을 바라보았다. 순간 가희의 눈가로 하얀 액체가 흘러내렸다.

"내가 모르는 일이 있느냐?"

광해가 다시 가희 곁으로 다가가 품에 안았다. 품 안에서 가희가 다시 어깨를 들썩이기 시작했다.

"가희야!"

광해의 목소리가 가라앉을 대로 가라앉았다. 광해의 부름에도 가희가 미동도 하지 않고 있었다.

"내게 말해 줄 수 없느냐!"

광해의 표정이 간절했다.

"이제 더 이상…"

더 이상 말이 이어지지 않았다. 그 의미를 헤아리던 광해가 가희를 눕히고 치마를 벗겼다. 이어 속곳까지 벗기자 가희의 생식기가 시선 가득 들어왔다. 그를 살피며 광해가 손바닥으로 찬찬히 어루만졌다.

"전하, 아니 되옵니다!"

반사적으로 가희가 광해의 손을 잡아끌었다.

"도대체 왜 이러는 게냐!"

"이미 선왕께…."

차마 독 기운이 남아 있을 수도 있음을 이야기할 수는 없었다.

"그건 내 탓이거늘. 그 부분은 전혀 개의하지 않는다."

"제 마음이 편하지 않지요."

가희가 단호하게 말하고 급히 옷을 입었다. 광해가 멍하니 그 모습을 주시하며 길게 한숨을 내쉬었다.

"네 마음이 정히 그렇다면 강제하지 않으마. 여하튼 가희는 언제고 내 사랑이란 사실을 잊지 말기 바랄 뿐이다."

"지금 당장은 제 마음이 편치 못하나 언제고 저는 이곳에 있을 것이옵니다."

가희가 천장이 무너져내릴 정도로 깊게 한숨을 내쉬고 스스로 광해의 품으로 들어가 손으로 가슴을 쓸기 시작했다.

조선의 주인

하루 일과를 마감하고 궁궐을 나섰다. 의주 부윤으로 한동안 한양을 떠나있던 이첨이 다시 한양으로 돌아와 저녁에 긴밀하게 만나자는 연락을 주었던 터였다. 길을 가며 얼마 전 광해와 함께했던 일을 떠올렸다.

"가희야, 지금 내 마음이 어떤지 알겠니?"

짧지 않은 시간 가희와 뒤엉켜 황홀경에 빠져 있다가 잔을 든 광해가 가희를 은근한 시선으로 바라보았다.

"아무려면 소녀의 마음과 같겠사옵니까."

"그건 그렇겠지."

잠시 말을 멈춘 광해가 가희를 끌어안았다.

"마치 오래전에 떠났던 고향을 다시 찾은 느낌이 드는구나."

"소녀의 마음 역시 그러하옵니다."

가희가 혼의 불에 가볍게 입을 맞추고 자신의 생식기로 시선을 주었다. 그를 살핀 광해가 잔을 내려놓고 그곳을 손으로 찬찬히 쓸어보았다. 광해의 손바닥으로 축축한 느낌이 전달되고 있었다.

"전하, 흥미로운 이야기 하나 해 드릴까요?"

"무슨 이야기인데."

"소녀가 이이첨 대감 집에서 전하를 처음 뵈었을 때 일이지요."

광해가 이이첨을 되뇌며 가희를 처음 만난 날을 생각한다는 듯 눈을 깜박거렸다.

"당시는 가희가 의도적으로 거부한 것으로 알고 있었는데."

"소녀가 어찌 전하를 거부할 수 있겠사옵니까?"

"하면?"

광해가 궁금하다는 듯 눈을 동그랗게 떴다.

"실은 그 날 월경 중이었습니다."

이어 월경을 감추기 위해 생식기 안에 헝겊으로 솜을 싸서 감춘 일에 관해 이야기하자 광해가 박장대소를 터트리며 가희의 생식기를 거칠게 쓰다듬었다. 순간 가희가 광해의 목을 휘감았다.

"내 그런 줄도 모르고 홀로 가슴만 태웠구나. 가희가 나를 못마땅하게 생각하는 게 아닌가 하고 말이야."

"소녀 역시 전하를 뵈올 날만 학수고대하고 있었사옵니다."

"그런데 말이야."

광해가 자신의 입을 가희의 입에 마주하고 말을 이었다.

"말씀 주시지요."

가희가 다가온 광해의 입에 가볍게 입을 맞추었다.

"이이첨이 칭병으로 체직을 청했더구나."

당시 이이첨은 권력을 두고 중전 유 씨의 오빠인 유희분과 경쟁상태를 이루고 있었다. 그런 상황에서 사직을 청하면서 임금의 덕에 결함이

143

있다고 언급한 정언 김치원을 이이첨이 구원하려 시도하자 유희분이 왕에게 이이첨이 김치원을 발탁하고 이끌어주는 사이임을 참소했다. 이에 왕은 노하여 이이첨을 의주(함경남도 문천) 부윤으로 제수했던 터였다.

"소녀도 그 이야기 들었습니다만 어떻게 처리하시게요."

"가희 생각은 어떠한고."

광해의 손이 가희의 가슴을 찾아 만지작거렸다. 가희가 그 손에 자신의 손을 겹쳤다.

"지내놓고 보니 소녀가 전하를 만날 수 있었고 또 소녀의 정조를 전하께 기쁜 마음으로 바칠 수 있었던 일이 이 대감의 배려가 있었기에 가능하지 않았나 싶어요."

"그래서?"

"저야 이 대감의 뜻을 받아들여 주었으면 하옵니다. 하지만 이 조선의 주인은 전하시니 전하의 뜻대로 하셔야지요."

"가희야, 이 조선의 주인이 나라고 하였느냐?"

"그러하옵니다만."

"내 생각은 다른데."

"전하께서 주인이 아니시면 도대체 누가 주인이란 말씀이시온지요?"

"이 조선은 나가 아닌 가희와 나, 즉 우리가 주인이란 이야기란다."

가희가 가슴에서 놀고 있는 광해의 손을 아래로 이끌었다.

요부 김가희

광해의 처사가 고마웠다. 가희의 원대로 곧바로 이첨의 체직을 허가하고 이후 더욱 중하게 쓰리라 언질까지 주었던 터였다. 아울러 광해는 가희에게 언급했다. 조선은 자신과 가희, 즉 우리의 나라라고.

한껏 들뜬 마음에 거리를 오고 가는 사람들을 바라보았다. 전과는 다른 느낌이 일어났다. 지난 시절 가희의 눈에는 모두 상전이었다. 자신의 아래라고 여겼던 사람은 단 한 사람도 없었다. 그런데 이제는 모든 사람이 실질적으로 아래라는 생각에 어깨까지 들썩였다.

그 생각에 이르자 발걸음이 그렇게 가벼울 수 없었다. 심지어 절로 콧노래까지 이어졌다. 한껏 부푼 마음으로 걸어가자 어느 사이 이첨의 집에 도착했다. 가만히 걸음을 멈추고 집을 주시했다.

시선을 주변으로 돌렸다. 적지 않은 집들이 줄지어 늘어서 있는 모습이 시선에 들어왔다. 조만간에 저 자신 역시 그 근처에 집을 장만해야겠다는 생각이 일어났다. 그러다 한순간 고개를 가로저었다.

새로운 술은 새 부대에 담을 일이었다. 자신의 밝지 못했던 과거가 고스란히 묻어 있는 그곳과는 멀리 떨어진 지역에서 새롭게 출발함이 이로울 듯했다. 그 생각으로 다시 대문을 바라보았다.

열린 대문 사이로 집안의 하인이 가희의 존재를 살피고 급히 안채로 달려가 이 씨 부인에게 가희의 방문을 통보했다. 그를 전해 들은 이 씨가 버선발로 호들갑스럽게 뛰어나왔다.

"우리 실세 상궁님의 은혜를 어찌 갚아야 할꼬!"

한껏 목소리를 높인 이 씨가 마치 상전 대하듯이 가희를 사랑으로 안내했다. 사랑채에 이르자 댓돌에 이첨의 신발 외에 짚신 두 켤레가 놓여 있었다. 그를 바라보자 호기심이 일어나 잠시 걸음을 멈추었다. 그 순간 방문이 열리며 이첨이 모습을 드러냈다.

이첨이 헛기침하더니 곧바로 방을 나서 가희를 방으로 이끌었다. 방에 들어서자 초로의 남녀가 자리에서 일어나 공손하게 맞이했다.

"자, 그러지들 말고 모두 자리하세."

이첨의 제안에 가희와 이 씨가 자리하자 두 사람이 어정쩡한 자세를 취하며 자리했다.

"의주에서는 언제 돌아오셨는지요?"

"전하께서 윤허하신다는, 자네의 청을 받아들이셨다는 전갈을 받자마자 바로 돌아왔네."

"편찮으시다 들었습니다만."

가희가 이첨의 얼굴을 자세히 살폈다. 전혀 아픈 사람의 혈색이 아니었다. 오히려 한창때처럼 혈기왕성해 보였다.

"마음의 병이었던 게지."

물론 가희가 그를 모르지는 않았다. 자신이 믿었던 유희분으로부터 참소되었으니 마음이 편할 턱이 없었다. 다시 이첨을 바라보다 시선을 초로의 남녀에게 주었다.

"그런데 이 사람들은 누구신지요?"

가희의 시선을 받은 두 사람의 얼굴색이 어둡게 변해 갔다.

"김 상궁, 놀라지 말게."

잠시 사이를 두고 이첨이 두 사람 중에서 여자를 주시했다.

"이 여인이 김 상궁의 친어머니일세."

"네!"

순간 가희가 얼어붙었다. 마치 그를 알고 있다는 듯 길녀가 가희를 해동시키고자 가희의 손을 잡았다.

"이 못난 어미를 용서해줘."

길녀의 눈에서 서서히 눈물이 흘러내리기 시작했다.

"제 어머니는 돌아가신 게 아니었던가요!"

가희의 시선이 이첨에게 박혔다. 이첨이 움찔하며 이 씨에게 시선을 주었다. 그러자 이 씨 역시 고개 돌렸다.

"자네에게는 죽었다고 했는데, 실은⋯."

이첨이 말하다 말고 길녀를 바라보았다.

"모두 이 어미의 잘못이야. 핏덩어리인 너를 버리고 떠나버렸으니⋯. 부디 이 어미를 용서해다오."

"하도 소식이 없으니 다들 죽었으려니⋯."

이첨이 슬그머니 말끝을 흐렸다.

"그런데 어인 일로 이렇게 나타나셨는지요?"

"내가 의주 임지에 있을 때, 내가 부윤으로 재직하고 있다는 이야기를 듣고 찾아 왔어."

무슨 말인지 알겠다는 듯 가희가 고개를 끄덕였다.

"그러면 이분은⋯."

"이 사람 때문에 너를 버리고 도망간 거야."

"이분이 남편이란 말인가요. 그러면 아버지는!"

"어디서부터 이야기를 해야 하나."

길녀가 난감한 표정을 지으며 주위를 둘러보았다.

"김 상궁과 잠시 이야기할 테니 다들 자리를 물려주게."

이첨이 단호한 표정을 짓자 모두 이첨의 눈치를 살피며 자리를 물렸다.

"너무나 당혹스럽습니다."

"그는 나도 마찬가지일세. 죽은 줄 알고 있던 사람이 어느 날 갑자기 눈앞에 나타났으니 난들 놀라지 않았겠는가."

가희가 수긍하겠다는 듯 가만히 고개를 끄덕였다.

"제게 무슨 말씀을 하시려는지요."

"이제부터 김 상궁은 예전에 가희가 아니란 말이야. 내가 지금 어떻게 이 자리에 있는가, 다 자네의 힘이 작용하여 그런 게 아닌가."

그 말에 조선의 주인이라는 광해의 말이 다시 떠올랐다.

"그러면 어떻게 처신해야 하는지요."

"현재의 위치에 걸맞게 변해야지. 지난 시절의 가희는 완벽하게 버리고 지금의 가희에게 맞도록 모든 게 변해야지."

"자세하게 말씀 주세요."

"전에는 그저 다른 사람의 말에 복종하는 일에 익숙했지 않았나. 그러나 이제는 사람을 부리는 위치에 서 있고."

"결국 저에게 이용가치가 있는 사람들의 경우 전력을 따지지 말고 받아들여야 한다는 의미로 들립니다."

"바로 그런 이야기야."

"그런데 느닷없이 제 앞에 나타난 어머니라는 여자와 그녀의 남편은 무슨 용도로…."

이첨이 잠시 천장을 바라보다 가희에게 시선을 주었다.

"자네 어머니의 남편인 유몽옥이란 자가 자네 아니, 자네와 나 모두에게 필요한 사람이야. 그래서 내 기꺼이 그들을 데려온 거고."

"무슨 이유 때문인지요."

"먼저 몽옥이란 사람의 능력 때문이라네. 한마디로, 나쁘게 이야기하면 잡놈 중에 상 잡놈이라 할 수 있지. 그만큼 수완이 뛰어나다는 이야기지. 그리고 다음은 자네 어머니의 남자라는 이유 때문이야. 여하한 경우라도 자네를 배신하지 못할 거 아닌가."

"그러면 제 아버지는?"

"만덕은 김 상궁의 지난 시절 아버지에 불과하네. 말인즉 자네의 앞날에 소용되기 힘들다는 이야기야."

가희가 가만히 만덕을 그리며 한숨을 내쉬었다.

"말씀인즉 정을 떠나서 어머니와 그 남편이라는 사람을 받아들이라는 의미입니다."

"이 일을 계기로 앞으로의 변화에 시금석으로 삼아도 좋고 말이야."

"충분히 이해하겠습니다."

"그런데 그보다 더 중요한 게 무엇인지 알겠나?"

가희가 고개를 갸웃거렸다.

"내 사람을 내 수족처럼 부리려면 뭐가 필요한가?"

"혹시 돈을 이름이 아니신가요."

"물론 돈도 중요하지. 그런데 그 못지않게 중요한 게 권력이야. 다시 말해서 돈과 권력은 한 방향으로 흐른다 보면 되지."

가희가 잠시 이첨의 말을 되새겼다. 결국 권력과 돈으로 집결되고 있었다. 권력은 이미 수중에 들어온 것과 진배없으니 이제는 돈이 문제였다. 그 돈, 권력으로 만들어야겠다는 생각이 머리를 휘감았다….

초석을 다지다

"상궁님, 중전마마께서 찾으세요."

가희가 막 일과를 마치고 궁궐을 나서려던 시점에 원 나인이 다가왔다.

"무슨 일로 찾는다 하더냐?"

"자세한 내용은 모르는데 세자빈 간택 문제 때문인 모양이에요."

가희가 잠시 망설였다. 이첨이 길녀와 유몽옥을 위해 마련해준 집에서 사람들을 만나기로 약조했었다. 그런데 그 시간에 중전과 함께 시간 보내다 보면 약속을 지키기 힘들다는 생각 때문이었다.

잠시 뭐라 대꾸할까 생각하다 며칠 전 이첨이 부탁했던 일이 떠올랐다. 세자빈 간택과 관련해서였다. 박승종의 아들인 박자흥의 딸로 그리고 자신의 외손녀인 아이를 세자빈에 간택되도록 힘써 달라는 부탁이었다.

잠시 생각에 잠겨 들었던 가희가 원 나인과 어깨를 나란히 했다. 그 순간 중전의 얼굴이 그려졌다. 아울러 이참에 중전을 확실하게 우군으로 만들어야겠다는 순간적인 생각이 일어났다.

"상궁님, 저…"

원 나인이 불러놓고 우물거렸다.

"할 말 있으면 하지 왜 그러냐."

"저, 조 상궁에게 이야기 들었습니다만."

"무슨 이야기 말이냐?"

"상궁님께서 힘 써주셔서 궁중의 법에도 불구하고 상궁으로 책봉되었다고…"

"그런데."

"저도…"

가희가 걸음을 멈추고 원 나인을 찬찬히 살펴보았다. 그동안 스쳐 지나가며 여러 차례 보았지만 가까이서 살피니 상당한 미모를 지니고 있었다.

"네 나이 오래 몇이냐?"

"열두 살이옵니다."

가희가 열두 살을 되뇌며 가만히 주시했다.

"기간이 차면 자연히 상궁이 될 터인데 뭐가 그리 급하냐?"

"소녀도 하루빨리 전하를 가까이서 모시고 싶어 그러하옵니다."

가희가 가만히 미소 지었다.

"상궁이 무슨 일을 하는지 아느냐?"

"그야, 전하의 성은을…"

"물론 전하의 성은을 입을 가능성이 크지만, 그렇다 한들 지금 네 형편으로 그게 가능하겠냐?"

원 나인이 자신의 몸을 살피며 잠시 생각에 잠겨 들었다.

"지금은 그렇지만…"

"내 네 말을 유념하고 있다 어느 정도 때가 되었다 싶으면 그리되게 해주마."

"감사합니다, 상궁님. 그런데…."

"마저 말하거라."

"얼마를 드려야 할지…."

"그게 무슨 말이냐?"

"저를 상궁으로 만들어 주시면 당연히 그에 대해 보답을 해야지요."

순간 가희의 머리에 이첨이 유희분의 참소로 의주 부윤으로 제수받게 된 사연이 떠올랐다. 이첨이 김치원을 두둔하면서 그 사달이 일어났는데, 김치원은 바로 이첨에게 돈으로 벼슬을 샀기 때문이었다.

그를 생각하며 원 나인을 바라보았다. 원 나인이 어리둥절해 했다.

"그 문제는 차차 논하기로 하자. 여하튼 때가 되었다 싶으면 내 반드시 너를 상궁으로 이어 후궁으로 책봉하도록 하마."

원 나인이 함박웃음을 지으며 허리를 깊이 숙였다. 순간 가희가 고개를 좌우로 돌렸다. 지나가던 궁녀들이 원 나인을 부러운 듯한 시선으로 바라보고 있었다. 그들에게 시선을 주었다. 찬찬히 그들의 얼굴을 바라보자 어느 순간 그들의 얼굴이 돈으로 보이기 시작했다.

그들을 바라보며 권력에 대해 생각해 보았다. 이첨의 말대로 권력은 곧 돈이었다. 그러다 자신을 되돌아보았다. 그 순간까지 오면서 돈에 대해 중요하게 생각하지 않았었다. 그러기를 잠시 후 길녀 즉 어미라고 나타난 여인의 뻔뻔한 말이 떠올랐다.

가희가 성공한 데에는 자신을 닮은 생식기 때문이라고 거침없이 항변하며 어미의 권리를 주장했었다. 그 말을 처음 들었을 때 기가 막혀 죽는 줄 알았으나 차분하게 생각해 보니 일리 있다 판단했었다.

그 생각에 이르자 가만히 자신의 아래를 바라보았다. 이어 남자들에게는 돈과 권력보다 그게 우선이 아닌가 하는 생각 일어났다. 동시에 이첨이 자신의 생식기를 유심히 살펴보았던 일을 떠올려보았다.

"중전께서는 세자빈에 대해 어떤 생각을 지니고 있는지 이야기 들은 건 없느냐?"

씁쓰레한 미소를 짓고 가희가 화제를 바꾸었다.

"마마께서는 자신의 주장을 확실하게 하시는 분이 아니신 걸로 알고 있습니다. 그런 이유로 상궁님을 모셔서 의견을 구하려는 듯합니다."

갑자기 조선의 주인은 우리 둘이라는 왕의 말이 떠올랐다.

"그건 무슨 말이야. 그 일은 당연히 중전께서 결정하셔야 할 일이 아니냐?"

원 나인이 대답하지 않고 빤히 바라보고 있었다.

"그 표정은 무엇을 의미하느냐?"

"이런 말씀드려도 되는지 모르지만, 저희 궁녀들 사이에서 내명부의 실질적 실세는 상궁님이라는 말이 돌고 있습니다."

가희가 가만히 중전의 모습을 그려보았다. 네 명의 아들을 낳았는데 세 명은 요절하고 지금의 세자만 살아남았다. 온화한 성품을 지닌 중전에게 다른 일들이 시선에 들어올 리 없다는 생각이 일어났다.

그런 중전에게 어떤 의견을 줄지 생각에 잠겨 들었다. 문득 이첨의 모습이 그려졌다. 이첨이 자신의 외손녀로 하여금 세자빈으로 간택될 수 있게 해달라고 부탁했었다. 물론 자신의 외손녀 덕을 보려 하는 것임을 알고 있었다.

가희가 그를 역으로 생각해 보았다. 박승종과 이첨의 사이가 상당히 좋지 않았다. 그런데 문제는 중전의 오빠인 유희분과 이첨의 사이가 익히 알려진 바대로 좋지 않았다. 그런 경우 이첨의 외손녀 즉 박승종의 손녀가 세자빈이 된다면 유희분과 박승종의 결탁이 눈앞에 훤하게 그려지고 있었다. 그런데 이첨은 그러한 사실을 알고 자신에게 부탁한 걸까 하는 생각 일어났다.

결국 욕심의 문제였다. 눈앞에 보이는 조그마한 욕심 때문에 훤하게 그려지는 결과를 예견하지 못하고 있었다. 그런 경우 이첨은 또 자신에게 부탁할 것이 분명했다. 그 생각에 이르자 가희가 속으로 미소 지었다. 이첨 역시 돈으로 보이기 시작했다.

"어서 가자꾸나."

가희가 잠시 어깨를 으쓱하고 곧바로 중궁전으로 이동했다. 중궁전에 이르자 중전이 마치 학수고대했다는 듯이 정성스럽게 차려진 다과상을 준비하고 반갑게 맞이했다.

"마마, 자주 찾아뵙지 못해 죄송하옵니다."

이상하게도 중전에게는 사사로운 감정이 일어나지 않았다.

"김 상궁과 긴히 상의할 일이 있어 이렇게 불렀어."

"대충 전후 사정은 알고 있사온데 마음에 걸리시는지요?"

중전이 가느다랗게 한숨을 내쉬었다.

"주변에서 말들이 많아."

"무슨…."

"지금 가뜩이나 세 사람에게 힘이 쏠려 있는데 그럴 경우 세 사람이 조정을 말아먹지 않겠느냐는 말이지."

"마마, 장기적으로 살피면 그 일이 오히려 이롭지 않겠는지요."

"어떻게?"

"두 가지 이유에서입니다."

"두 가지라니?"

"첫째, 기둥 세 개는 어디서고 설 수 있다는 점을 상기하시면 될 듯합니다."

중전이 가만히 그를 생각하는지 침묵을 지키다 고개를 끄덕였다.

"두 번째는?"

"세 사람이 끊임없이 서로 견제하겠지요. 즉 일방적인 독주는 힘들다고 보면 됩니다."

"그래서 세 사람으로 하여금 협력과 견제를 통해 힘을 분산해야 한다는 이야기네."

"바로 그러하옵니다."

중전의 표정이 밝게 변했다.

"참, 내가 그만 내 사정만 살피느라 정신이 없었네. 천천히 들며 이야기 나누세."

중전이 말과 동시에 약과를 집어 가희에게 건넸다.

"마마, 소녀도 늦었지만 감축드리옵니다."

"느닷없이 무슨 말인가?"

"세자 전하께서 건강하게 자라주시어 가례를 준비하고 있으니 소녀로서는 감회가 남다릅니다."

"그렇지. 김 상궁의 노고가 없었다면 과연 이런 날이 있었을지 모르겠네."

중전이 천장으로 시선을 주었다. 눈가에서 옅은 물기가 비치고 있었다. 필시 먼저 세상을 떠난 세 아들을 생각하고 있으려니 생각 들자 괜스레 가희의 눈에서도 이슬이 맺혔다.

"마마, 고정하시옵소서."

"김 상궁은 운명을 어떻게 생각하나?"

중전이 느닷없이 운명을 거론하자 가희가 손에 들려 있던 약과를 내려놓았다.

"미처 생각해 보지 않았습니다만."

"세자가 비를 맞이한다니 갑자기 운명이란 뭘까 하는 생각이 일어났네. 동시에 먼저 간 아들 셋도 운명에 따라 그리된 게 아닌가 하는 생각이야."

"마마 말씀은 운명은 정해져 있다는 의미로 비칩니다만."

"그런 게 아닌가 싶네. 그래서 인명은 재천이라 말도 있지 않나."

"갑자기 소녀는 다른 생각이 일어났습니다."

"말해보게."

"정말 운명이 정해져 있다면 인간의 삶이 무슨 의미가 있겠느냐 하는 생각입니다. 모름지기 인간이라면 진짜 정해져 있을지도 모를 운명을 개척해나가야 하는 게 아닌가 하는 조금 건방진 생각이 일어났습니다."

"김 상궁 이야기 들어보니 그게 맞는 거 같네. 그런데 내 경우는 너무나 커다란 상실감에 빠져 있어서…. 김 상궁, 혹시 자식을 먼저 보낸 어미의 심정을 이해할 수 있겠나?"

"저로서는 역부족입니다."

가희 자신은 자식을 잃은 정도가 아니라 아예 자식을 가질 수 없는 상태지만 그를 언급할 수는 없었다. 가희의 표정이 급격하게 침울하게 변해 갔다.

"이런, 내 정신 좀 보게나. 좋은 이야기 하자 해놓고 또 그런 이야기를 하다니."

중전이 다시 약과를 집어 가희에게 건네고 자신도 약과를 집어 들었다.

"김 상궁, 혹시 이야기 들었나 모르겠네."

"무엇을 말이옵니까."

두 사람이 약과를 먹고 식혜를 마시자 중전이 운을 떼었다.

"조만간에 창덕궁으로 이어할 모양이야."

"그런 이야기는 많이 돌아다녔지만 조만간에 이어할 것이라는 이야기는 금시초문입니다. 그런데 마음에 걸리시는지요."

요부 김가희

"김 상궁이 알지 모르겠는데 창덕궁은 전 조에 두 임금(단종, 연산군)이 폐위된 장소라 조금 신경 쓰이네."

"혹시나 그런 일이 생길까 보아 그러시는지요."

"그럴 리는 없지. 아마도 내 마음이 그래서 그렇게 생각 드는 모양이지."

중전의 표정이 다시 침울하게 변해갔다.

"여하튼 김 상궁이 내 몫까지 전하를 잘 보필해주게나."

순간 가희의 마음이 찡해왔다.

"마마의 기대에 한치도 소홀함 없이 따르겠사옵니다."

가희를 바라보고 웃는 중전의 미소가 쓸쓸해 보였다.

이별

　비번인 날 아침부터 서둘렀다. 궁을 나서 아버지 만덕이 살고 있는 장의동으로 길을 잡았다. 며칠 전 궁궐로 찾아온 언년으로부터 아버지가 조만간에 한번 방문해달라는 요구를 전해 들었던 터였다.

　길을 나서며 아버지가 무슨 일로 만나자 했을까 하는 궁금증이 일어났다. 아버지도 어머니가 다른 남자와 함께 나타난 사실을 알지 않을까 하는 또한 그 일로 자신을 만나자고 한 게 아닌가 하는 생각 역시 일어났다.

　아버지는 일전에 어머니가 자신을 낳다가 사망하여 직접 매장했다고 했다. 왜 당시 아버지는 거짓말을 했을까 하는 생각 역시 일어났다. 주변에 흘러다니는 말을 종합해보면 어머니의 남자 밝힘증이 그 원인일 것이라 생각 들었다.

　어머니의 남자 밝힘증이 이해되었다. 어머니가 말한 대로 생식기에서 비롯되지 않았을까 하는 생각 일어났다. 가희 자신 역시 비록 옷을 입고 있다 해도 옷이 자꾸 그곳에 마찰을 일으켜 자주 남자에 대한 갈망이 일어나고는 했었기 때문이었다.

　그 생각에 자신의 생식기 부분을 바라보았다. 그를 감지한 이후 가희는 그를 방지하기 위해 자신만의 방법 즉 속곳이 그 부분과 마찰이 일어나지 않을 정도로 딱 달라붙을 정도로 스스로 지어 입고는 했다.

길을 가며 슬그머니 손을 내려 그 부분을 건드려 보았다. 옷이 그 부분에 닿으면서 순간적으로 짜릿한 느낌이 일어났다. 그 상태서 주변을 둘러보았다. 마치 길을 가는 사람들이 자신을 바라보는 듯했다.

이상하게도 마음이 설레었다. 전이라면 그런 생각이 일어날 턱이 없었다. 그러나 이제는 다른 사람들의 시선이 질시가 아니라 부러움의 발로라는 생각이 일어나고 있고 그 시선을 즐겨야겠다는 마음마저 일어났다. 생각이 거기까지 이르자 가만히 며칠 전 늦은 저녁의 일을 떠올렸다.

하루 일과를 마감하고 목욕한 후에 잠자리에 들려는 순간이었다. 조상궁이 찾아와 전하께서 급히 침소로 들라는 전갈을 전했다. 서둘러 옷을 차려입고 침전문을 열고 들어서자 광해가 침대 위에 발가벗은 채 자신을 주시하고 있었다.

"전하, 이 야심한 시간에 어인 일로 소녀를 찾으셨나요!"

가희가 의아한 표정을 지으며 광해를 바라보았다. 광해의 시선이 강렬하다는 느낌을 지니고 아래를 바라보았다. 광해의 시선 못지않게 강렬한 기운을 발산하고 있었다. 가희가 천천히 다가가 침대 가까이 이르자 광해가 다가와 다짜고짜 가희를 침대로 이끌었다.

"최 상궁은 어찌하시고…"

광해가 급하게 가희의 치마를 벗기는 바람에 가희가 중간에 말을 멈추었다. 순식간에 가희의 옷을 모두 벗긴 광해가 가희를 자신의 양다리에 올리고 거칠게 공략하기 시작했다.

"그래, 바로 이 느낌이야."

"뚱딴지같이 무슨 말씀이시옵니까?"

자신의 생식기에 광해의 가운데를 안착시킨 가희가 양손으로 광해의 얼굴을 감쌌다.

"가희 때문에 다른 여인들은 안중에도 들어오지 않아."

"그러시면…."

"도저히 흥이 나지 않아 돌려보내고 가희를 찾은 게지."

가희가 광해의 얼굴을 바라보며 가만히 생각에 잠겨 들었다. 그 순간까지 단 한 명의 후궁도 들이지 않고 자신에게 오로지하고 있었다.

"무엇을 그리 골똘하게 생각하나?"

"지금 전하의 주위를 둘러보십시오."

"주위라니?"

광해가 주변으로 고개를 돌리며 의아한 표정을 지었다.

"지금 전하께는 오로지 소녀만이 존재하고 있지 않습니까."

"그야 당연한 일 아닌가. 가희만 있으면 되는데 굳이 다른 여인들이 무슨 필요가 있다는 말이냐?"

"후사를 생각하시어야지요. 그런 의미에서 지금부터라도 후궁을 들이도록 하세요."

"후사라…."

요부 김가희

잠시 생각에 잠겨 들었던 광해가 진지한 표정을 짓자 가희가 미소 지으면서, 더하여 가느다랗게 콧소리를 내며 양팔로 광해의 목을 감쌌다. 자연스럽게 가희의 가슴이 광해의 입으로 다가섰다.

"전하, 소녀 궁금한 일이 있사옵니다."

격정의 시간이 지나자 가희가 누워있는 광해의 몸에 올라 가느다랗게 한숨을 내쉬었다.

"말해 보거라."

"전하께서 저를 끔찍이도 아끼는 이유가 혹시 제…"

말을 멈춘 가희가 자신의 생식기가 있는 부분에 힘을 주었다.

"그런 부분도 있다고 봐야지. 그런데 그에 앞서 일전에 언급했던 것처럼 가희와 내가 천생연분이기에 그렇다고 보는 게 타당하지 않겠니."

"정말이옵니까?"

"아마 나처럼 행운아가 있을까 싶네."

"그런데 왜…"

"애간장 태우지 말고 속 시원히 이야기해 주세요, 마님."

광해가 짓궂은 표정을 지었다.

"왜 제게 한마디 말도 하지 않고 창덕궁으로 이어했어요?"

"중전도 그런 이야기 하던데, 그 이유를 알고 싶네."

"들리는 바에 의하면 이 창덕궁 터가 좋지 않다고, 전 조에 두 임금이 폐위된 장소라고 하옵니다."

"그거야 전에 이야기고, 지금은 그럴 일이 없지 않느냐?"

"들리는 이야기는 그렇지 않던데요."

순간 광해가 몸을 비틀어 가희를 옆으로 눕히고 몸을 일으켜 세웠다.

"뭐라!"

"다들 쉬쉬하며 영창대군을 이야기하던데요."

"영창을, 아직도 어린아이지 않느냐?"

"어린아이가 왕이 되지 말라는 보장 있나요. 그러면 이곳에서 폐위된 노산군은 어떤가요?"

광해가 심각한 표정을 지으며 노산군을 되뇌었다. 가희가 손을 뻗어 광해의 가운데를 잡았다. 축축한 기운이 끈적끈적했다. 가희가 저도 몸을 일으켜 침대 곁에 놓여 있는 자신의 옷으로 그곳을 닦아주고 조몰락거리기 시작했다.

"정말 그런 일이 발생할까?"

"영창대군이야 아직 어리다고 하지만 대비가 현 상태에 만족하고 있을까 싶어요. 전에 소녀가 관찰한 바에 의하면 영창대군으로 하여금 보위에 앉히려는 강한 욕구를 내비치고는 했사옵니다."

"그야 나도 아는 일이지 않은가."

"그러면 이 부분은 어떻게 받아들이시겠습니까?"

"무엇 말인가?"

"지금 대비를 앞세우고 대비의 친정 식구들이 앞다투어 재산을 축적하고 있는 현실 말입니다."

얼마 전 어머니의 남편인 유몽옥으로부터 대비의 묵인하에 그녀의 친정 식구들이 부정한 방식으로 재산을 불리고 있다는 정보를 접했었다.

"재산이라니?"

"내일 날이 밝으면 한번 확인해 보세요."

"여하튼 재산을 불려서 무엇에 쓰겠다는 건가?"

"유사시에 쓰려고 그러는게 아니겠사옵니까?"

"유사시라면…."

광해의 표정이 급격하게 굳어졌다. 그 표정을 유심히 살핀 가희가 손의 움직임에 속도를 더했다.

"소녀, 이렇게 전하와 함께 영원하고 싶사옵니다."

가희의 손에 이어 입이 가세하자 광해의 가운데가 불끈해지기 시작했다.

"그야 당연한 일이고말고. 절대 그런 일이 있어서는 아니 되지."

"그러니 다시 경운궁으로 환궁하시고 모든 우환이 사라진 연후에 이곳에 머무심이 어떠하실는지요."

"가희의 뜻이 그러하다면 내일 날이 밝는 대로 당장 실시하도록 해야지."

말을 마친 광해가 가희를 자리에 눕히려 하자 가희가 광해를 눕혔다.

"영창이 아니라 소녀가 전하를 죽일 일이옵니다."

가희가 콧소리와 함께 자신의 생식기를 광해의 가운데에 안착시켰다.

이런저런 생각으로 장의동 아버지 집에 도착하자 만덕이 언년과 함께 집안의 가재도구들을 정리하고 있었다.

"아버지, 무슨 일 있어요?"

만덕이 대답 대신 일손을 멈추고 가희를 방으로 이끌었다.

"자네도 들어오게."

방으로 들어서며 만덕이 고개 돌려 언년을 주시했다. 마치 기다리고 있었다는 듯 언년이 배시시 웃으며 따라 들어왔다.

"가희야, 내일 이사 가려 한다."

만덕이 무거운 표정으로 입을 열고 천장을 바라보았다.

"느닷없이 이사라니요?"

"네 어미가 다른 남자와 돌아온 사실을 알고 있다."

가희가 난처한 표정을 지었다.

"그냥 무시하면 되지 않아요?"

"그야 그렇지, 그런데…."

만덕이 말을 멈추고 언년의 배를 주시했다. 가희의 시선이 절로 그리로 향했다. 유심히 살피자 언년의 배가 전보다 조금 부풀어 보였다.

"그러면…."

"언년이 애를 가졌어."

"애를 가진 게 무슨 상관이란 말이에요?"

"아무도 모르는 곳으로 가서 태어날 우리 아기와 함께 오순도순 살고 싶은 생각이 일어나 그런다."

대답하는 만덕의 표정이 밝아 보이지 않았다.

"아버지, 어머니 때문에 그런 게 아닌가요?"

"물론 그 부분도 있지. 그런데 그 사람은 오래전에 내게 죽은 사람이야."

"그러면 무슨 이유로?"

만덕이 대답하지 않고 가희를 빤히 바라보았다.

"아버지, 혹시 저 때문에…"

만덕이 무겁게 고개를 끄덕였다.

"왜요?"

"이 대감께 네 이야기 들었다."

"제 이야기라니요?"

"우리 가희가 더 이상 예전에 가희가 아니라고 하더라."

"그 일이 아버지와 무슨 상관이에요?"

"이 아비만 보지 말고 네 어미도 살펴보아야 할 일이야. 네 부모가 멀지 않은 곳에 따로 딴 살림을 차리고 있다는 사실을 네 주변 사람들이 알면 어떻게 생각하겠느냐?"

가희가 만덕의 말을 새겨보았다. 언뜻 생각해 보아도 적절하지 못했다. 가희가 만덕의 손을 잡았다.

"그래서 이 대감이 아버지께 권유했군요. 제 곁에서 멀어지시라고. 그 길이 저를 위한 길이라고 말이에요."

만덕이 고개를 돌려 언년을 바라보았다.

"이 사람과 농사지으며 조용히 살고 싶어."

"어디로 가시게요. 혹시…"

"그래, 이 대감이 의주 부윤으로 있으면서 챙긴 땅이 있는 모양이야.

그래서 그곳을 우리가 도맡아 살라고 하는구나."

"의주라면 이곳과 가깝지 않은데…."

가희의 눈에서 서서히 눈물이 흘러내리기 시작했다.

영창 제거

"의부와 어머니는 잠시 자리 좀 비켜주시겠어요."

가희가 저녁 늦은 시간 길녀와 몽옥이 살고 있는 집에서 자리를 함께하고 있었다. 소소한 일로 대화를 이어가는 중에 밖에서 이첨의 헛기침 소리가 들려왔다.

"왜, 우리는 있으면 안 되는 거니?"

길녀가 목소리를 높이자 가희가 못마땅하다는 듯 바라보았다. 그를 살핀 몽옥이 길녀의 팔을 잡고 일으켜 세웠다.

"어머니는 주안상이나 준비해요. 이따 일 끝나면 대감과 의부가 술잔 나눌 수 있게 말이에요."

몽옥의 얼굴에 화색이 돌자 길녀가 마지못해 일어난다는 듯 투덜거리며 밖으로 나서는 순간 이첨이 방으로 들어섰다.

"남의 시선을 피하고 긴하게 드릴 말씀이 있어서 부득불 이리로 모시게 되었습니다."

이첨이 자리 잡자 가희가 주위를 둘러보았다.

"잘했네. 그리고 방금 김 상궁 이야기 듣고 보니 문득 생각났는데, 차후에 이런 장소를 몇 군데 더 마련해야 할 듯하네."

가희가 가만히 고개를 끄덕였다.

"일설에 최근 전하께서 경운궁으로 환궁한 일에 김 상궁이 개입되었다는 말이 있는데 혹시 오늘 급하게 만나자고 한 이유와 관련 있는가?"

"꼭 집어서 그렇다고 할 수는 없지만, 전하와 이야기를 나누다 문득 생각이 일어나서 대감과 상의하면 어떨까 싶어 모셨습니다."

"그래, 무슨 일인가?"

가희가 본능적으로 주위를 살폈다. 그 모습을 바라본 이첨의 얼굴에 긴장감이 들어차기 시작했다.

"영창대군을 제거하시지요!"

"영창대군을!"

이첨의 목소리가 절로 올라갔다. 가희가 담담하게 이첨을 바라보았다.

"전하의 뜻이겠지."

잠시 침묵을 지키던 이첨이 역시 담담한 표정을 지었다.

"우리가 전하의 뜻으로 만들어가야지요."

"그 무슨 말인가?"

"전하께서 영창대군을 제거하도록 상황을 조성해나가자는 말입니다."

"어떻게…"

이첨이 말을 멈추고 자신의 다리를 가볍게 내리쳤다.

"복안이 떠오르셨습니까?"

"문득 지난해 발생했던 봉산옥사가 떠올랐네."

봉산옥사는 출세욕에 눈이 먼 봉산 군수 신율이 어보와 관인을 조

작해 군역을 피하려 했던 김경립을 체포하고 유팽석을 시켜 무옥을 꾸미며 사건을 확대하여 순화군順和君의 양자인 진릉군 태경晉陵君泰慶을 왕으로 삼아 조정을 전복하려 했던 사건으로 변질시켰다.

광해군이 직접 국문에 참여했던 이 사건에 이이첨이 기자헌, 유몽인 등과 옥사를 주도해나가면서 영창대군을 지지했던 유영경의 잔당들을 억지로 연루시켜 모조리 제거하고 그와 더불어 광해군의 존호를 높이며 일시적으로 정국에서 우위를 차지할 수 있었다.

"다시 그와 같은 일을 벌이시겠다는 건가요?"

"방법을 달리해야 않겠는가?"

"방법이라면?"

"당시는 그저 운이 좋았었다고 보아야지. 그러나 이번에는 확실하게 처리해야겠지."

"그 말씀은 이번에는 직접 나서시겠다는 말로 들립니다만."

"바로 말하였네. 이번에는 사건을 직접 기획하고 마무리 지어 정국의 주도권을 완전히 장악하여 유희분과 박승종 일파들을 곤궁에 몰아버리겠네."

"그러려면 서두르셔야 할 일입니다."

"당연하지. 그들이 모르게 빨리 일을 진행시켜서 그들로 하여금 닭 쫓던 개 지붕 쳐다보는 격으로 만들어버려야지."

가희가 슬그머니 미소를 머금었다.

"왜 그러나?"

"대감의 표현이 흥미로워서 그러하옵니다. 그런데 어느 선까지 손보시려는지요?"

이첨의 표정이 경직되고 있었다. 그를 살피자 지난 저녁 광해와 함께 했던 순간이 떠올랐다.

"가희가 내 정보통이구먼."

언제나처럼 황홀경을 함께하고 난 후 광해가 흡족한 표정을 지으며 가희를 껴안고 잠시 전의 여운을 달래고 있었다.

"느닷없이 무슨 말씀이시온지요, 정보통이라니요."

"가희가 일전에 이야기하지 않았느냐. 대비 쪽 사람들이 부정한 방식으로 재산을 긁어모으고 있다고."

"그랬었지요."

가희가 눈을 동그랗게 떴다.

"그 다음 날 바로 조사를 진행시켰었네."

"그런데요?"

가희가 마치 그 답을 알고 있다는 듯 생글거렸다.

"가희 말대로 이놈들이 막대한 재산을 긁어모았네."

"그래서 소녀가 전하의 정보통이라는 말이에요?"

"왜, 그 말이 싫으냐?"

"당연히 싫지요."

"왜?"

"소녀와 전하는 한 몸이니까요."

가희가 앙증맞게 대답하자 광해가 가희를 껴안은 팔에 힘을 주었다. 가희의 입에서 절로 신음이 흘러나왔다.

"그런데 그뿐만 아니었네."

"하오면 또 다른 일이 있었나요?"

"이놈들이 작고한 내 어머니는 물론 어머니가 작고하자 나를 친아들처럼 돌봐주고 내가 왕세자가 되는데 적극 도움을 주었던 의인왕후의 무덤에서 저주행위를 저질렀다는 사실 역시 알아냈네."

"어떻게 그럴 수가…"

가희의 벌어진 입이 다물어지지 않고 있었다. 순간 광해가 자신의 혀를 가희의 입으로 밀어 넣었다.

"그 집안이 모두 전화와 소녀의 적이네요."

잠시 후 가희가 입맛을 다시며 광해의 목을 휘감았다.

"전하의 아니, 김 상궁의 생각은 어떠한가."

"소녀의 생각으로는 발본색원 즉 뿌리까지 뽑아버려야 한다 생각합니다. 아예 빌미를 제공할 수 있는 원인까지 제거하자는 쪽입니다."

"영창대군은 물론 그 외척까지 제거하자는 말이로세."

"그래야 하지 않겠습니까."

이첨의 표정이 굳어지고 있었다.

"소녀가 들은 바에 따르면 외척은 물론 영창대군의 재산도 만만치 않다고 합니다만…"

가희가 슬그머니 이첨의 눈치를 살폈다.

"나도 들은 바 있네. 봉산·재령 등 해택海澤이 영창대군의 소유로 되어있다고 하더라고."

"그는 어찌 처리하시려는지요."

"당연히 김 상궁에게 주어야 하지 않을까 싶네."

"소녀에게 너무 과하지 않은지요?"

"아니야. 지금 생각해 보니 내가 김 상궁에게 너무 소홀했다는 생각이 일어나네. 김 상궁도 움직이려면 자금이 필요하다는 사실을 실기했어. 그러니 조금도 부담 지니지 말고 가지도록 하게."

"대감의 뜻이 정히 그러하다면 소녀 사양하지 않겠습니다."

"그런데 말이야."

이첨이 말하다 말고 찬찬히 가희를 바라보았다.

"말씀하시지요."

"대비는 어떻게 처리해야 할지 궁금하여 그러네."

"결국 폐비까지 염두에 두어야 하지 않을는지요."

이첨이 고개를 갸웃거렸다.

"걸리는 게 있습니까?"

"대비가 비록 친어머니는 아니지만, 명목상으로는 어머니 아닌가. 그런 경우 폐비가 아니라 폐모가 되기에 그렇다네."

가희가 미처 그 생각을 하지 못했다는 듯 눈을 동그랗게 뜨고 심각하게 이첨을 주시했다.

"그 문제는 차차로 정리하도록 하지요."

가희가 조용히 한숨을 내쉬었다.

신분 세탁

이이첨의 주도로 대대적인 옥사가 일어나고 있었다. 이첨이 조정 대신들의 서얼 7명이 문경새재에서 상인을 죽이고 은을 강탈한 사건을 그중 한 사람인 박응서를 사주하여 영창대군 추대라는 역모로 변질시켜가고 있었다.

동 사건과 관련하여 한창 국문이 진행 중에 어머니 길녀와 함께 적지 않은 보따리를 든 중년의 여인이 가희를 찾아왔다.

"여기는 어떻게 들어왔어요?"

가희가 황당하다는 표정을 지으며 길녀와 여인을 번갈아 바라보았다.

"어떻게 들어오긴. 너를 찾아왔다고 하니까 신분을 물어서 네 어미라 했더니 아주 친절하게 이곳까지 안내해주던데."

가희가 능글맞게 이야기하는 길녀를 마땅치 않다는 시선으로 바라보다 두 사람을 방으로 들였다. 방으로 들이자마자 여인이 다짜고짜 엎드리며 눈물을 흘리기 시작했다.

"무슨 일이에요?"

갑작스러운 상황에 가희가 당혹감을 감추지 못했다.

"그만 진정하고 상세하게 이야기해보세요."

길녀의 요구에도 불구하고 여인의 동요는 멈추지 않았다. 그를 살피며 가희가 길녀를 주시했다.

"이 여자의 남편이 금번 역모 사건에 연루되었다는구나."

"뭐라고요!"

"그래서 남편을 구원하기 위해…."

길녀가 말하다 말고 여인의 옆에 놓인 보따리를 바라보았다.

"저건 무엇인가요?"

"뭐긴 뭐냐 돈…."

길녀가 말을 잇지 못하고 대신 탐욕스런 표정을 지었다.

"그러면 어머니는 돈 때문에 이 여인을 데려왔다는 말이에요. 다른 일도 아니고 역모에 연루된 사람을 구원하라고!"

가희가 목소리를 높이자 여인이 고개 들었다. 여인의 얼굴이 눈물인지 콧물인지 구분하지 못할 정도로 이물질로 가득했다.

"상궁님, 못난 제 남편을 살려주십시오."

가희가 자리에서 일어나 여인을 일으켰다.

"어서 돌아가세요. 혹시라도 다른 사람이 알게 되면 내 목이 열 개라도 감당하기 힘듭니다. 어머니는 빨리 이 여인을 데리고 궁을 나가세요!"

길녀가 무슨 뚱딴지같은 소리 하느냐는 듯 가희를 바라보다 시선을 보따리로 주었다.

"어서 나가라니까, 뭐하고 있는 거예요!"

가희가 급히 보따리를 들어 여인에게 건넸다.

"일단 이야기나 한번 들어봐야 옳지 않겠니."

"이야기는 무슨 이야기에요!"

"사람이 그러면 못 쓰는 법이다."

길녀가 심드렁하니 말을 잇자 여인이 다시 주저앉았다.

"상궁님, 부디…"

가희가 길녀를 싸늘한 시선으로 바라보다 여인에게 시선을 주었다. 한순간 측은하다는 생각이 일어났다. 그녀를 바라보며 잠시 생각에 잠겨 들었던 가희가 다시 자리에 앉았다.

"여기까지 왔으니 자초지종이나 들어보지요."

가희가 차분하게 말을 잇자 여인의 표정에서 밝은 빛이 흘러나왔다. 잠시 호흡을 가다듬던 여인이 차분하게 입을 열었다.

"제 남편의 이름은 권순성이라 하옵니다. 이번 역모에 관련된 서양갑과 가끔 만나는 사이로 그 집안의 묘소를 구해 준 적 있습니다."

"남편이 지관인 모양입니다."

"그러하옵니다."

여인이 담담하게 답했다.

"그리고요."

여인이 말을 멈추자 가희가 재촉했다.

"그런데 서양갑이 제 남편을 난에 연루시키며 말하기를 제 남편이 대비의 친정과 가까운 사이로 제 남편을 이용하여 대비의 친정으로부터 돈을 마련하여 힘깨나 쓰는 사내들을 구해 영창대군을 모시기로 하였답니다."

요부 김가희

"대비의 친정과 가까운 사이라니요?"

여인이 천장이 무너져라 한숨을 내쉬었다.

"전혀 아닙니다."

"그게 아니라면?"

"한 마디로 제 남편이 사칭한 것입니다. 남편의 외가가 김 씨라는 사실을 내세워 대비의 친정 가문을 거들먹거렸던 일이 화근이 되었습니다."

"뭐라…."

가희가 말하다 말고 무슨 이야기인지 알겠다는 듯 고개를 가볍게 끄덕이며 혀를 찼다.

"그러면 사건과는 무관하다는 이야기입니다."

"남편의 죄라면 대비의 친정을 사칭한 일과 서양갑을 알고 지냈다는 대목입니다."

"남편의 외가가 김 씨라고 했나요?"

"그러하옵니다."

가희가 순간 자신 역시 김 씨임을 자각했다.

"지금 국문이 어느 정도까지 진행 중인지 아나요?"

"남편은 지금 옥에서 대기 중이랍니다."

"그러면 내 말대로 하세요."

가희가 말하다 말고 문 쪽을 바라보았다. 두 사람 역시 문을 바라보며 긴장된 표정을 지었다.

"지금 바로 옥으로 남편을 찾아가서 국문을 받게 되면 말이 와전된 것이라 항변하라고 하세요."

"무슨 말씀이신지…."

"남편에게 대비의 친정과 가까운 사이가 아니고 저와 가까운 사이라고 돌려 말하라고 하세요."

"상궁님과요!"

여인의 눈이 동그랗게 변해 갔다.

"그래요, 나와."

"어쩌려고 그러니."

가희가 담담하게 대답하자 길녀의 눈썹이 치켜 올라갔다.

"어머니와 같이 죽으려고 그러지!"

가희가 저녁에 이첨의 집을 방문했다. 낮에 궁궐에서 저녁에 은밀하게 만나자고 미리 말해두었던 터였다. 이첨의 사랑에 들자 가희가 낮에 여인이 가져온 보따리를 풀었다. 엽전이 가득 들어찬 모습을 바라본 이첨의 눈이 반짝였다.

"이게 웬 돈인가?"

"대감께 부탁할 일이 있어 준비하였습니다."

"우리 사이에 부탁이라니, 당치 않네."

이첨이 말은 그리했지만, 시선은 여전히 돈으로 주었다.

"대감께 제 신분 세탁 좀 부탁하려 합니다."

"느닷없이 신분 세탁이라니?"

가희가 차분하게 권순성의 아내를 만난 일을 설명했다.

"그래서 정말로 김 상궁과 가까운 사이라 고변하라 하였나?"

"그랬지요."

"아니지 않은가?"

"그걸 정말로 만들고자 이렇게 찾아뵈었습니다."

이첨이 천장을 바라보다 시선을 방문으로 주었다.

"지난번 아버지가 떠날 때 대감께서 하셨던 이야기 들었습니다."

"구체적으로 무슨 말을 들었나?"

"대감께서 제가 옛날의 제가 아니니만큼 저를 위해 멀리 떠나주는 일이 이롭다는 말씀이었습니다."

이첨이 가볍게 신음을 내뱉었다.

"그런데 그게 무슨 상관있는가."

"그런 이유로 제 신분도 확고하게 만들 필요가 있다 생각했습니다."

"확고하게라니?"

가희가 잠시 침묵을 지켰다.

"말하기 곤란한가."

"어머니에게 제 출생에 관한 이야기를 들었습니다."

가희가 담담하게 말하자 이첨이 당혹스런 표정을 지었다.

"뭐라 했는가?"

"제 아버지가 친아버지가 아닐 수도 있다 하였습니다."

"그래서 이참에 확실하게 김 씨를 성으로 삼겠다는 이야기로군."

이첨이 가볍게 탄식했다.

"대감께서 협조하시면 가능하리라 봅니다."

"김 상궁의 뜻이 그렇다면 당연히 협조해야지. 그런데 권순성과 관련해서는 어찌 처리하려는가. 전하께 말씀드리겠나?"

"굳이 말씀드릴 필요 있을까요."

가희가 말을 잇자 이첨이 잠시 굳은 표정을 짓다 이내 고개를 끄덕였다.

발본색원

"상궁님, 소식 들으셨는지요?"

따스한 봄날을 즐기기 위해 궁궐을 산책하는 중에 대전에서 근무하는 조 상궁이 찾아왔다.

"무슨 소식 말이냐?"

조 상궁의 마뜩잖은 표정을 살피며 가희가 걸음을 멈추었다.

"오늘도 강화에 안치된 영창대군을 구원하라는 상소가 올라왔답니다."

"뭐라!"

"요즈음 들어 지속해서 똑같은 내용의 상소가 올라오고 있습니다."

"주상 전하의 반응은 어떠하시냐?"

"이렇다고 명확하게 대응하지 않고 계십니다만, 상소가 계속 이어진다면 주상 전하의 마음도 변하지 않을지 모르겠습니다."

"금번에 상소를 올린 사람은 누구라 하더냐?"

"일찍이 대사헌을 지내다 낙향한 정구라고, 들리는 말에 의하면 한때 좌의정인 정인홍 대감의 사람이었다 합니다."

순간 가희가 정인홍을 되뇌었다.

"내용은?"

"형제간의 의리와 영창이 아직 어린아이라는 이유를 들어 석방해달라는 내용이었습니다."

"지금 이이첨 대감은 어디에 있느냐?"

"방금 전 대전에 계신 모습을 보았습니다."

"조 상궁은 지금 바로 이 대감에게 가서 저녁에 내가 집으로 방문한다 은밀하게 아뢰게."

잠시 생각에 잠겨 들었던 가희가 조 상궁에게 지시하고 천천히 대비전으로 걸음을 옮겨갔다.

대비전으로 가는 길에 이이첨이 직접 개입하여 마무리된 옥사를 떠올려보았다. 그 일로 영창대군은 서인으로 강등되어 강화도에 위리안치되었고 대비의 아버지인 김제남을 비롯한 그의 아들 세 명 역시 죽임을 당하면서 일족이 몰살당했다.

그에 따라 이이첨은 예조 판서 자리를 꿰차고 정국의 주도권을 확실하게 다지고 있었다. 그런데 영창과 관련해서 시원하게 결말을 보지 않고 있었다. 영창의 존재 여부가 향후 중요한 변수임을 실기하고 있었다.

이런저런 생각으로 대비전에 이르자 문 상궁이 두 눈에 쌍심지를 켜고 노려보았다.

"좋은 소식이니 대비마마께 아뢰세요."

가희의 부드러운 목소리에 문 상궁의 표정이 밝아지며 안을 향해 가희가 왔음을 고했다. 곧바로 들이라는 소리에 가희가 전으로 들자 대비가 호기심 가득한 표정을 지으며 바라보았다.

"김 상궁이 어인 일인고. 내 듣기로 상당히 바쁜 거로 알고 있는데."

"그동안 소원했던 점 용서하십시오."

"그래, 여하튼 어인 일인가?"

"마마께 좋은 소식을 먼저 알려드려야 할 듯해서 찾아뵈었습니다."

"좋은 소식이라… 그게 무엇인데?"

"일전에 대사헌을 지낸 정구가 대군께서 전하의 형제임을 들어 의리를 지켜야 한다며 대군을 조속한 시일에 사면해달라는 간절한 상소를 올렸다 하옵니다."

"정구라면, 한때 정인홍 좌의정 사람이었지 않은가."

"그를 떠나 유생들로부터 상당히 존경받고 있다 합니다."

대비가 가느다랗게 한숨을 내쉬고 천장을 바라보았다. 한순간 그녀의 눈에서 천천히 눈물이 흘러내렸다.

"주상의 반응은 어떻다든가?"

"지속적으로 이어지는 상소로 인해 주상의 마음도 흔들리고 있다 합니다."

"그러면 우리 의가 다시 이 어미의 품으로 돌아올 수도 있겠구먼."

"그래서…."

"말해보게."

"이제 마마께서 나서실 때가 아닌가 하는 생각이 드옵니다."

"나서다니!"

"마마께서 주상을 만나 간청하십시오. 대군 아니, 주상의 동생을 풀어달라고요."

순간 대비의 얼굴에 노여움이 들어차기 시작했다.

"죽어도 그럴 수는 없는 일이네. 아버지와 내 피붙이들…."

대비가 말하다 말고 어깨를 들썩이며 오열하기 시작했다.

"그러기에 바로 잡으셔야지요."

"바로 잡다니."

한참 동안 흐느끼던 대비가 잠시 진정하며 가희를 바라보았다.

"주상께 진실을 밝히시며 대군을 이제 그만 풀어달라 요구하시고 친정 가족들이 신원 되도록 조처 취하셔야지요."

대비가 잠시 전 상황을 잊으려는 듯 길게 한숨을 내쉬었다.

"설령 내가 주상에게 애원한다고 해도 그를 따라줄 주상도 아니지만 그런 일은 절대 없을 거네!"

대비의 얼굴에 노여움이 가득 들어찼다.

"오늘도 대군을 구원하라는 상소가 있었다고 하는데 어찌실 겁니까?"

가희가 이첨의 집에서 자리하자마자 단도직입적으로 치고 나섰다. 이첨이 고개 돌려 방문을 바라보았다.

"그건 무슨 말인가?"

"그러다가 주상이 정말로 대군을 풀어줄 수도 있지 않으냐는 이야기입니다."

이첨이 대답에 앞서 가볍게 신음을 내뱉었다.

"절대로 그래서는 안 되지."

오부 김가희

"당연하지요. 그러니 서둘러야지요."

"그 의미는?"

"이쯤에서 마무리 지어야 할 일입니다."

"결국 죽여야 한다는…."

"그렇습니다. 지금 봇물 터지듯 구원의 상소가 이어진다고 한다면 전하로서도 어쩌는 도리가 없을 줄 압니다."

"그러지 않아도 그 일로 좌의정을 포함하여 여러 사람과 대화를 나누었네."

"그런데요?"

"좌의정은 물론 모두 난색을 표했네."

"그게 그리 중요한 일인가요!"

가희의 표정이 싸늘하게 변해 갔다.

"그 무슨 말인가."

"다른 사람들은 이 사건에서 곁다리에 불과하지 않습니까. 그야말로 잔칫상에 숟가락 하나 올려놓은 형국 아닙니까!"

"결국…."

"대감이 나서셔야지요."

"전하의 의중은 어떠실지…."

이첨이 곤혹스러운 표정을 지었다. 그를 바라보며 가희가 가볍게 혀를 찼다.

"왜 그러나?"

"일전에도 잠깐 언급했지만 우리가 전하의 의중을 살필 일이 아니라 전하께서 따르도록 만들어가야 하지 않을까요."

"그런 경우라면 모두가 공감할 수 있는 명분이 있어야 할 터인데."

"지금 명분이라 하셨습니까?"

"그렇네만."

"대감께서는 전조에 발생했던 노산군의 사사를 어찌 생각하시옵니까?"

"느닷없이 노산군이라니."

"폐서인으로 전락한 노산군이 유배지인 영월에서 결국 죽음을 맞이하지 않았습니까?"

이첨이 어떻게 그 일을 알고 있느냐는 듯 의심의 눈초리를 보냈다.

"하도 답답해서 제가 전조의 일을 조사해보았습니다."

가희가 이첨의 마음을 읽었다는 듯 담담하게 말을 잇자 이첨이 가볍게 고개를 끄덕였다.

"대감께서는 당시 임금이셨던 세조 대왕께서 왜 자신의 조카, 자신의 형이 신신당부했던 노산군을 죽였다고 생각하십니까?"

"그야 노산군의 숙부가 역모를 꾀했기 때문이지."

가희가 고개를 가로저었다.

"그게 아니었던가?"

"물론 그렇습니다. 그러나 그 이면을 헤아리셔야지요."

"이면이라면?"

요부 김가희

"저는 세조 대왕이 더 이상 피를 보지 않기 위해 노산군을 죽였다고 생각합니다."

이첨이 이해되지 않는지 가희의 입을 뚫어져라 바라보았다.

"만약 당시 노산군을 죽이지 않았다면 다시 노산군을 중심으로 역모가 일어나지 않으리란 보장이 없었고 그래서 더 이상 피를 보지 않겠다는 의도에서 결국 그 당사자인 자신의 조카를 죽인 게 아닙니까."

"경우가 다르지 않은가. 당시는 노산군의 여러 삼촌이 존재했지만 지금 영창은 혈혈단신 아닌가?"

이첨의 답에 가희가 다시 가볍게 혀를 찼다.

"내 말이 틀렸나?"

"대비를 염두에 두셔야지요."

이첨이 대비를 되뇌며 잠시 생각에 빠져들었다가 미소를 머금었다.

"이제 이해되십니까?"

"어떻게 그런 생각을 하였는가?"

"한참 전에 대감께서 제게 이른 말씀이 있지 않습니까. 변해야 한다고."

이첨이 머쓱한 표정을 지었다.

"자, 이제 어찌 처리하시려는지요."

"내게 맡기게."

"아닙니다. 지금 이 자리에서 바로 탁방내도록 하시지요."

"강화부사인 정항의 손을 빌려야 할 듯하네."

"아니 되지요!"

가희가 단호하게 말하자 이첨이 의아한 표정을 지었다.

"그 이유가 무엇인가?"

"지금 강화부사를 이용하겠다고 하는데 그런 경우 조선 팔도에 소문을 내자는 이야기 아닙니까."

"그 무슨 소린가?"

"그런 경우 전하께서도 연루되지 않을 수 없는데. 그에 대한 반발을 염두에 두셔야 할 일 아닌가요."

이첨이 감탄의 시선으로 가희를 주시했다.

"복안이 있는가?"

"혼선을 유도해야지요."

"혼선이라면?"

"누구의 행위인지 명확하게 알 수 없도록 해야지요."

"그런 경우라면…"

이첨의 표정이 굳어지고 있었다.

"제 의부를 이용하시지요."

"유몽옥을!"

"이런 일에 적격 아닌지요."

"그 사람이 감당해낼 수 있겠나?"

"대감께서 제 의부를 가리켜 천하에 잡놈이라 하지 않으셨습니까."

요부 김가희

폐비

"전하, 소녀 질리시지도 않사온지요?"

"질리는 게 뭐란 말이야. 함께 할수록 더욱 가지고 싶건만."

강화에 안치되었던 영창대군의 사망 소식으로 조정이 발칵 뒤집힌 그 날 저녁 광해가 가희를 침소로 불러들였다. 조정회의에서 임금인 자신의 명이 없었는데 허락도 구하지 않고 영창을 죽인 사건에 대해 격정적인 분노를 풀어낸 광해가 거칠게 가희를 취하고 잠시 호흡을 가다듬었다.

"그걸 중독이라고 하나요."

"허허 중독이라. 그래, 마치 뭐에 홀리기라도 한 듯 가희에게서 헤어나오지 못하니 그게 중독이지."

"그런데 왜 그리 화를 내셨는지요?"

"화를 내다니 그 무슨 소린고?"

"조정회의 중에 고성으로 일관하셨다고 하던데요. 그럼 화를 내신 게 아니에요?

"가희도 속았다는 말인고."

"네!"

가희가 외마디 소리를 지르고 광해의 품을 파고들었다.

"그래야 내가 개입되지 않았다 생각할 거 아니냐."

"그러면 전하께서 개입하신 건가요?"

"물론 아니지. 그러나 내가 격한 반응을 보이지 않았다면 사람들은 당연하게 나를 의심할 게 아니냐."

가희가 가만히 생각해보았다. 광해의 말이 일리 있다는 생각이 일어나자 손으로 광해의 가슴을 찬찬히 쓸었다.

"그러면 누가 그 일을 저질렀을까요?"

"보나 마나 이이첨 작품 아니겠니."

가희가 광해의 가슴을 쓸던 동작을 멈추고 가만히 미소 지었다.

"왜, 이 대감이 무슨 언질이 있었느냐?"

"그게 아니라 순간적으로 이 대감이 그랬을 수도 있다는 생각에 그만…. 그런데 전하께서는 어떻게 이 대감의 작품이라 단정하시는지요?"

"그 사람 외에는 그럴만한 사람이 없어."

"그러면 이 대감을 어찌 처리하시려는지요?"

"처리하긴, 모른 척해야지."

"무슨 그런 말씀이 있어요?"

가희가 뾰로통한 표정을 짓자 광해가 가희의 눈에 입을 댔다 뗐다.

"원칙대로 한다면 이 대감의 행동에 보답해야 하지 않겠나?"

"보답이라니요?"

"사실 나도 의가 살아 있다는 사실이 상당히 껄끄러웠었거든. 그런데 그렇다고 이 대감에게 모종의 조처를 취하면 내가 이 대감을 시켜 일이 그리된 게라 판단들 할 거란 말이지."

가희가 가만히 고개를 끄덕였다.

"언제인가는 보답해야겠지."

"저 그런데…"

가희가 말하려다 그만두자 광해가 의아한 표정을 지었다.

"할 말 있으면 하거라."

"한 가지 의문 사항이 있어서요."

가희가 손으로 다시 광해의 가슴을 쓸기 시작했다.

"가희가 무엇이 궁금할꼬?"

광해가 익살스러운 표정을 지으며 입으로 가희의 귀를 살짝 깨물었다.

"지금 전하의 어머니(공빈 김 씨) 왕후(공성 왕후) 책봉 문제로 사은 행렬이 명나라에 가 있잖아요. 그런데 명나라에서 정식으로 고명하면 아들도 죽고 없는 대비와 관계가 어찌 되는지 궁금하옵니다."

광해가 미처 그 생각하지 못했는지 표정이 굳어지고 있었다.

"그런 경우라면 작고하신 공성 왕후께서 대비 자리에 있어야 하지 않는가요?"

가희가 심각한 표정을 짓자 광해가 갑자기 헛웃음을 흘렸다.

"왜 웃으시나요, 소녀가 잘못 말했나요?"

"듣고 보니 심각하게 생각해 볼 일이다 싶어 그러는구나."

"상식적으로 생각해 볼 때 공성 왕후께서 고명을 받게 된다면 현 대비는 대비라 칭할 수 없다는 생각이옵니다."

"그런 경우라면 어찌 처리해야 하는고?"

"예조에서 해결해야 할 일이 아니온지요."

"당연히 예조, 이이첨 판서의 소관이지."

가희의 눈이 순간적으로 반짝였다.

"가희야, 이제 골치 아픈 이야기는 그만하고 왜 내가 가희에게 질리지 않고 이리도 목매는지 그 이유를 찾아보자꾸나."

"그런데 전하, 창덕궁으로 이어하신다는 말이 떠돌던데요."

광해가 잠시 생각에 잠겨 들었다 가희를 힘차게 끌어안았다.

"내가 미처 가희에게 말하지 못했구나. 그런데 가희 생각은 어떠냐?"

"진즉에 즉 의가 죽고 나자마자 바로 이어했어야 했다고 생각하옵니다. 전에 창덕궁에서 이곳으로 이어하실 때 말씀드렸었잖아요. 위험 요소가 사라지면 다시 이어하시라고."

"그랬었나."

광해가 미처 그 생각을 하지 못했는지 멋쩍은 미소를 지었다.

"그런데 대비는 어찌하시렵니까?"

"가희의 생각은 어떠한고."

"당연히 이곳에 남겨 두어야지요. 과거와 함께."

광해가 가만히 과거를 되뇌었다.

가희가 광해와 함께 시간을 보낸 다음 날 저녁 궁궐을 나섰다. 궁을 나서 길녀의 집에 들자 댓돌에 신발이 어지럽게 널려 있었다. 그를 살피

요부 김가희

며 잠시 생각을 가다듬는 중에 부엌에서 음식상을 마련하던 길녀가 가희의 출현을 알아채고 밖으로 나섰다.

"왔으면 들어가지 않고 뭐하는 거니?"

"어머니와 함께 들어가지요."

"왜, 남정네들만 모여 있어서 그러니?"

길녀의 표정을 살피니 뭔가 또 트집 잡을 태세임을 알아챈 가희가 가져온 보따리에서 주옥을 꺼내 길녀에게 건넸다.

"누가 이런 거 바랐니!"

주옥을 받아든 길녀의 입이 함박만하게 벌어지더니 다시 부엌으로 들어가 잠시 후 차려진 상을 들고 나섰다. 길녀와 함께 방으로 들어서자 시끌벅적 떠들던 남자들이 모두 공손하게 자리에서 일어나 가희를 맞이했다.

상을 가운데에 두고 모두 자리하자 한 남자가 대뜸 가희 곁으로 다가와 큰절을 올렸다. 가희가 멀뚱히 그 사람의 행동을 지켜보다 의부 유몽옥을 바라보았다.

"이 사람이 이의신일세."

이의신이라는 소리에 가희가 슬그머니 미소를 흘렸다. 풍수가로 한양의 지기가 쇠하였으니 교하로 천도해야 한다고 주장했다가 조정의 뭇매를 맞고 처벌받을 위기에 처한 순간 유몽옥이 가희에게 선처를 구했고, 가희가 광해를 통해 그 일을 유야무야로 만들었던 때문이었다.

"상궁 마마님의 은혜가 아니었으면 이 목이 지금까지 붙어 있지 못했을 것이옵니다."

몸을 일으킨 의신이 한껏 자세를 낮추었다.

"마마는 무슨…."

길녀가 목소리를 높이다 멈칫했다. 가희의 시선이 곧바로 다가온 탓 또한 방금 전 받았던 주옥 때문인 듯했다.

"그래요, 마마라는 표현은 자제해주세요."

"실제 그런 거 아닌가요. 지금 조정에서는 상궁 마마님을 왕 다음 아니, 왕과 동급으로 생각하고 있다는 사실은 공공연하게 알려지지 않았습니까."

의신이 사람들의 동의를 구한다는 듯 목소리를 높이자 모두가 고개를 끄덕였다.

"여하튼 마마라는 호칭은 자제해주었으면 좋겠습니다. 그리고…"

가희가 말하다 말고 몽옥을 바라보았다. 그 시선의 의미를 알아챈 몽옥이 헛기침하고 사람들에게 시선을 주었다.

"이 사람은 이조에서 서리로 일한 바 있던 정정남이라 하네."

가희의 시선을 받은 정남이 가볍게 고개 숙였다.

"이 사람은 복동으로 한양에서 이름난 점쟁이일세."

하얀 수염을 길게 늘어트린 복동 역시 고개 숙였다.

"이 사람은 역시 풍수가로 명성이 드높은 김일릉이라 하네."

일릉이 고개 숙이자 가희가 만족스럽다는 표정을 지으며 가져온 보따리를 풀기 시작했다. 모두의 시선이 동시에 그리로 향했다. 곧바로 적지 않은 엽전이 모습을 드러냈다.

"얼마 되지 않지만 요긴하게 쓰도록 하세요."

가희가 말과 동시에 엽전을 나누어주자 모두가 함박웃음을 지었다.

"마마, 하교만 하십시오. 반드시 보답하도록 하렵니다."

"음식 앞에 놔두고 무엇들 하십니까?"

의신이 고개 숙이자 길녀가 목소리를 높였다. 길녀를 주시하자 표정이 볼만했다. 왜 저는 엽전을 주지 않느냐는 투였다.

"어머니는 내 따로 줄 터이니 가서 술이나 가져오도록 하세요."

"그래, 빨리 말 들어!"

몽옥이 혀를 차며 인상을 찡그렸다. 잠시 그를 살핀 길녀가 표정을 풀고 급하게 술을 들여와 가희 앞에 내려놓았다.

"왜 그러고 있어. 그만 나가지 않고!"

몽옥이 어정쩡하게 서 있는 길녀에게 목소리를 높이자 길녀가 가희를 바라보았다.

"왜 나를 바라보는 거예요?"

자신을 구원해주리라 생각한 가희가 모른 체하자 길녀가 슬금슬금 밖으로 나갔다. 방문이 닫히지 가희가 술병을 들었다.

"내가 술을 따를 테니 모두 잔을 드세요."

"이런 황송한 일이 있나."

의신이 호들갑 떨며 잔을 들자 모두 잔을 들었다. 가희가 남자들의 생김을 되새기며 모두의 잔을 채웠다. 순간 의신이 가희의 손에 들려

197

있는 술병을 **빼앗**다시피 잡아들고 가희를 바라보았다.

"오늘 같은 날 저도 한잔해야겠지요."

의신이 가희의 잔을 채우자 가희가 모두 잔을 들것을 종용하였고 동시에 잔을 비워냈다.

"할 말이 있는 듯한데 먼저 그를 들려주었으면 좋겠네."

몽옥이 안주도 먹지 않은 상태서 가희를 주시하자 모두의 시선이 가희에게 집중되었다.

"여러분과 중요한 일을 도모하고자 이렇게 찾았습니다."

"말씀만 주십시오."

"조만간에 대대적으로 궁궐 조성 작업이 진행될 것입니다."

의신을 바라보며 가희가 잔잔하게 미소를 머금었다.

"대대적이라니요?"

"말 그대로입니다."

"저도 얼핏 이야기는 들었지만 그렇게 큰 규모는 아닌 거로 알고 있습니다만."

일륭의 얼굴에 생기가 돌고 있었다.

"전하께서 어수선한 분위기를 깨고 왕의 권위를 세우기 위해 여러 개의 궁궐을 조성하기로 하셨습니다. 그래서…."

말하다 말고 가희가 모두를 특히 의신과 일륭을 주시했다.

"저희들로 하여금 그 공사를 주도하라는 말씀이십니다."

"당연한 일이지요. 조만간 전하께서 두 사람을 부를 것입니다."

"한마디로 돈 덩어리입니다."

의신의 반문에 복동이 미소 지으며 끼어들었다.

"그리고 다른 건은?"

몽옥이 조심스럽게 입을 열자 가희가 정남을 바라보았다.

"그대는 지금 조정에서 논의되고 있는, 대비를 폐해야 한다는 주장에 대해 어찌 생각하시나요?"

"당연히 이루어져야 한다 보고 있습니다."

"왜 그렇게 생각하시는지요?"

"영창의 역모에 연루되었으니 당연히 폐해야지요."

가희가 가만히 고개를 저었다. 모두가 서로의 얼굴을 번갈아 바라보다 가희의 입으로 집중했다.

"이조에서 근무하여 어느 정도 알고 있으리라 생각이 드는데, 조만간 명나라에서 공성 왕후의 책봉을 정식으로 인정하는 고명이 돌아올 예정입니다. 그런 경우 일이 어떻게 이루어져야 할까요?"

"그렇게 되면 비록 공성 왕후께서 돌아가셨지만, 전하의 생모로서 당연히 대비의 자리에 올라야 하는 거 아닌가요."

잠시 생각에 잠겨 들었던 정남이 조심스럽게 대답하고 모두의 얼굴을 번갈아 바라보았다.

"가만히 생각해 보니 그게 옳을 듯 보입니다."

의신이 진지한 표정을 지으며 거들자 모두 고개를 끄덕였다.

"바로 말하였습니다. 지금 조정에서 일고 있는 폐비에 관한 주장은 너무나 정치적으로 비치고 있어요. 흡사 세력 싸움으로 말이지요."

"그래서 상궁 마마께서는 논점을 바꾸어야 한다는 말씀이십니다."

정남이 고개를 주억거리며 감탄의 표정을 지었다.

"당연한 일이지요. 폐비에 대한 논점은 세력 싸움이 아닌 예의 절차에 따라 이루어져야 한다는 이야기입니다."

"그런 경우 마마께서 왕에게 하라 하시면 될 일 아니십니까?"

"우리 힘으로 그리되도록 만들어야지요."

의신이 힘주어 말하자 가희가 단호하게 말을 맺었다.

"그러니까 우리가 여론을 조성하여 조정에서 아니, 전하께서 어쩔 수 없이 폐비를 윤허하시도록 하자는 말씀이십니다."

정남의 얼굴에 미소가 번지고 있었다.

이이첨 길들이기

가희가 한창 추위가 기승을 부리는 겨울날 점심 식사 후 자신의 처소에 머물러 있는 중에 조 상궁이 찾아왔다.

"무슨 일인가?"

조 상궁이 자리하자 그녀의 표정을 찬찬히 살폈다.

"전 이조정랑 박홍도가 은밀하게 상궁 마마님을 뵙고자 하옵니다."

"박홍도라면 작고한 허성의 사위 아닌가?"

"지금 좌참찬으로 있는 허균 대감의 조카사위기도 하지요."

"그런 그가 왜?"

"자세한 내막은 알지 못하는데 아마도 폐비 문제인 듯하옵니다."

"폐비 문제라니. 그 사람은 이이첨 대감 사람이 아닌가?"

조 상궁이 갸우뚱거렸다.

"왜 그러나?"

"상궁 마마님이 모르시나 보옵니다."

"무엇을 말이냐?"

"이이첨 대감과 박홍도의 사이가 틀어진 사실 말입니다."

"박홍도는 이 대감이 전적으로 이끌어주던 사람으로 알고 있는데…"

가희가 말을 꺼내놓고 잠시 생각에 잠겨 들었다. 조정에서 두 사람을 가리켜 부자지간이라 표현할 정도로 사이가 돈독했다.

"다 옛날이야기이옵니다."

"그러면 결국 이 대감과 관련된 일이겠구나."

"그런 듯하옵니다. 어찌할까요?"

"당연히 만나보아야지."

가희가 잠시 생각에 잠겨 들었다. 이첨과 관련한 일인데 궁궐에서 만남을 가진다면 이첨을 따르는 사람들이 모를 턱이 없었다. 순간 어머니 길녀의 집을 떠올렸다. 궁궐이 창덕궁으로 옮기면서 거리상으로 상당히 가까워 그다지 번거롭지도 않았다. 그러다 고개를 가볍게 가로저었다.

"어디로 오라 할까요?"

"그냥 이곳으로 모셔오게."

"네!"

조 상궁이 차마 믿기지 않는지 목소리를 높였다.

"왜 그러나?"

"그런 경우 오늘 중으로 궁궐에 소문이 자자하게 퍼질 텐데…."

"그게 뭐 대수냐!"

"하기야, 마마님이시니까."

"내가 일부러 이곳에서 만나려 하네. 필시 이이첨 대감과 관련한 일이라는 생각이 들어. 그런 경우라면 후일 이 대감의 귀에도 들어가도록 해야 하지 않겠나."

조 상궁이 박홍도를 부르러 밖으로 나서자 이첨을 떠올려보았다. 최근 들어 이첨을 만나지 못했었다. 물론 가희 자신이 낮 동안에는 주로 외부에서, 폐비에 관한 여론 조성 그리고 궁궐 증축 및 신축공사에 개입하여 자신의 사람들에게 부를 안겨주기 위해 움직인 탓이었다.

이첨을 떠올리자 얼마 전 조 상궁에게 얼핏 들었던 이야기가 불현듯 찾아들었다. 폐비에 대한 이첨의 열의가 상당히 식은 것으로 보인다 했었다. 자신은 뒤로 물러서고 허균을 앞장세우는 듯한 느낌까지 받았다고 했다.

그 순간까지 가희는 이첨의 생각을 존중하며 서로 협력 관계를 유지해왔다. 그런데 이첨은 돈 되는 일과 상대 당을 파괴하는데 오로지 했다. 그래서는 안 될 일이다 싶었다. 한마디로 소탐대실이라는 생각이 일어났다.

또한, 작금에 자신을 살펴보았다. 물론 이첨의 도움으로 궁에 들 수 있었지만 자신 이첨에게 할 만큼 했다는 생각이 일어났다. 그런데 이 시점 가장 중요한 폐비 문제에 소극적으로 대처한다면 결코 묵과할 수 없었다.

이첨과 관련하여 생각을 이어갈 즈음 조 상궁의 안내로 박홍도가 가희의 처소에 들어왔다.

"술 한잔 하시겠어요?"

박홍도가 자리 잡자마자 가희가 입을 열었다. 술이라는 소리에 박홍도는 물론 조 상궁도 눈이 휘둥그레졌다.

"주신다면 마다치 않겠습니다."

잠시 난색을 보이던 박홍도의 얼굴에 화색이 돌기 시작했다.

"이왕 수고한 김에 조 상궁이 한 번 더 수고해주었으면 하네."

가희가 담담한 표정으로 말하자 잠시 우물거리던 조 상궁이 종종걸음으로 밖으로 나섰다.

"그래요, 요즈음 어찌 지내시는지요?"

가희가 은근한 투로 말문을 열자 박홍도가 길게 한숨을 내쉬었다.

"한마디로 찬밥 신세입니다."

"그게 무슨 말인가요? 조정 여기저기서 이 대감과 박 정랑에 대한 원성이 자자하던데요."

"다 지난 이야기입니다."

박홍도가 무안하다는 듯한 표정을 지었다.

"그러면 두 사람이 갈라선 건가요?"

"지내놓고 보니 이 대감 그 인간 철면피에 불과했습니다."

역시 이첨과의 불화로부터 비롯된 일로 찾아왔다는 생각에 가희가 속으로 미소 지었다.

"제 앞에서 그리 말씀하시면 곤란하지요!"

순간 가희가 정색하고 단호하게 말을 맺었다. 가희의 표정을 살핀 박홍도가 급하게 무릎을 꿇었다.

"용서하십시오. 추호도 상궁 마마께 심려를 끼쳐드리려는 의도에서 드린 말씀은 아닙니다. 그리고…"

"마저 말씀하세요."

"그 사람으로 인해 마마님의 정성이 훼손되는 게 아닌가 싶은 생각 역시 일어났습니다."

"제 정성이라니요?"

"지금 조정에서 마마님이 폐비와 관련하여 상당한 노력을 기울이고 있다는 사실은 누구나 알고 있습니다."

"당연한 일 아닌가요?"

"그런데 그 인간은 마마님의 의지에 반해 행동하고 있으니. 그래서 마마님의 정성이 훼손될 수 있다는 말씀입니다."

"자세를 편히 하세요."

잠시 생각에 잠겨 들었던 가희가 온화한 표정을 지었다. 그 순간 조 상궁이 되는 대로 주안상을 차려 들어왔다. 두 사람 사이에 상을 내려놓은 조 상궁이 가희의 눈치를 잠시 살피다 자리를 물렸다.

"마음도 편치 않으실 터인데 한 잔 받으시지요."

"마마님께서 먼저…."

"아니에요. 손님이 먼저 받는 게 도리지요."

잠시 머뭇거리던 박홍도가 잔을 들자 가희가 술을 따랐다. 이어 홍도가 가희의 잔을 채워주었다.

"내 처소에 남자가 든 경우는 박 정랑이 처음입니다."

"마마님, 무한한 영광으로 여기겠습니다."

가희가 술잔에 입을 댔다가 내려놓자 홍도가 잔을 비우고 내려놓았다.

"이 대감과 왜 척을 지게 된 겁니까?"

홍도가 안주를 먹고 나자 다시 잔을 채워주며 은근한 표정을 지으며 홍도를 바라보았다.

"지내놓고 보니 공과 사가 구분되지 않는 사람이었습니다."

"구체적으로요?"

"오로지 자기 개인 욕심만 추구하는 사람이었습니다. 그래서…"

"마저 말씀하세요."

"제 개인 생각입니다만, 폐비 문제에서 서서히 손을 놓는 게 아닌가 하는 생각 일어났습니다."

"뭐라!"

가희가 격앙된 표정을 지으며 목소리를 높였다.

"고정하십시오, 마마님."

홍도가 말해 놓고 아차 했는지 난색의 표정을 지었다.

"잔 비우시고 말씀 주세요."

가희가 다시 술잔에 입을 댔다가 떼어내자 홍도가 잔을 비웠다. 바로 그 순간 가희가 다시 홍도의 술잔을 채웠다.

"그러면 바로 말씀드리겠습니다."

막상 작정하고 말문을 열었지만 홍도가 주저했다.

"왜 그러세요?"

"무엇부터 말씀드려야 할지 망설였습니다."

"생각나는 대로 그냥 말씀하세요."

"그럼 먼저, 이첨이 이귀가 보낸 전 집의 유순익을 만난 일부터 아뢰

오부 김가희

겠습니다. 지금 귀양가 있는 이귀가 유순익을 통해 이첨에게 폐비 문제
에 소극적으로 대처하라는 주문을 주었답니다."

"이귀라면 폐비 반대론자 아닙니까?"

"그렇습니다. 그런 이유로 지금 이첨이 이귀의 말에 따라 폐비 문제
를 허균에게 일임하고 저는 소극적으로 대처하고 있습니다."

"결국 나중에 생색만 내겠다는 이야기입니다."

가희가 가볍게 혀를 찼다.

"결국 그 일의 연장 선상인데 지금 조정은 물론 조야에서 끊임없이
폐비 상소가 올라오고 있는데 유독 이첨의 세 아들은 상소를 올리지
않고 있습니다."

가희가 허탈하다는 듯한 표정을 지으며 천장을 주시하다 잔을 들어
비워냈다. 이어 안주 대신 이를 갈았다.

"내, 이놈을…"

가희가 분에 겨워 말을 채 끝맺지 못하고 부들부들 몸을 떨었다. 홍
도가 눈치를 살피며 가희의 잔을 채웠다.

"어찌하시렵니까?"

"다 그런 이유가 있었네."

가희가 홍도의 말을 듣지 않았는지 독백을 뱉어냈다. 이어 방금 홍도
가 채운 잔을 들어 한 번에 비워냈다.

"어떡하긴, 본때를 보여주어야지요."

"어떤 식으로요?"

"이첨 그 인간과 정면 승부를 펼치세요."

"정면 승부라시면."

"이첨을 탄핵하는 상소를 올리세요."

"그 인간이 가만히 있을까요?"

가희가 답에 앞서 홍도를 찬찬히 주시했다.

"하기야 상궁 마마님이 계시니…."

"후일 중히 쓸 테니 과감하게 밀어붙이세요!"

힘주어 말하는 가희의 눈빛에 독기가 가득 들어찼다.

내명부 장악

"전하, 어서 오시옵소서."

광해가 창덕궁 별전에 들자 미리 와서 기다리고 있던 가희가 얼굴 전체에 미소를 머금으며 맞이했다. 광해가 자신에게 다가오는 가희를 덥석 껴안고 그 뒤를 살펴보았다. 두 여인이 다소곳하게 고개 숙이고 있었다.

"너희들은 어인 일인고?"

"소녀가 불렀사옵니다."

"가희가, 어쩐 일로?"

"물론 전하를 위해서지요."

가희가 생글거리자 광해가 의아한 표정을 지었다.

"일단 자리하시지요."

가희의 제안에 광해가 자리하자 그 옆에 가희가 자리 잡았다. 이어 두 여인이 상 맞은편에서 광해를 향해 동시에 큰절을 올렸다. 광해가 절을 받으며 가희를 주시했다.

"이제 전하의 모든 근심이 해결되었으니 그를 기념하기 위해 또 앞으로를 위해 임 숙의와 정 소의와 함께 하였습니다."

"가희의 뜻이라면 당연히 즐거운 마음으로 받아들여야지."

"당연하옵니다, 전하."

"그런데 이이첨 이놈을 어찌할까!"

이이첨의 주도로 우의정 민몽룡으로 하여금 인목대비를 폐위하는 과정에서 정명 공주를 옹주로 격하시키는 부분에 대해 이첨이 혼인의 일과 늠료(봉급)만 옹주의 예를 따르도록 제동을 걸었기 때문이었다.

"마음에 걸리십니까?"

"그저 마음 같아서는…."

며칠 전 이첨의 요청으로 저녁에 길녀의 집에서 이첨과 단둘이 자리했다.

"술을 들이라 할까요?"

이첨이 심각한 표정으로 방 곳곳을 바라보자 가희가 차분하게 입을 열었다.

"어차피 화해의 자리가 되어야 할 테니 그게 좋겠네."

이첨이 동의하자 가희가 잠시 방에서 벗어나 길녀에게 주안상을 부탁했다. 이미 엽전이 들어갔던 터라 길녀가 표정을 밝게 하고 미리 준비되어 있던 찬을 갖추어 곧바로 술상을 봐서 가지고 들어왔다.

"하실 말씀이 있으면 주저하지 마시고 말씀 주세요."

길녀가 자리를 물리자 가희가 이첨의 잔을 채우고 은근한 표정을 지었다.

"한잔하겠나?"

"시간이 시간이니만큼 저는 받기만 할게요."

이첨이 고개를 갸우뚱거리며 가희의 잔을 채웠다.

"박홍도의 일에 김 상궁이 깊게 관여되어 있다는 이야기가 있는데 사실인가?"

이첨이 잔을 만지작거리며 가희를 바라보았다.

"이미 대감께서 아시고 있지 않습니까."

가희가 빤히 주시하자 이첨이 곧바로 잔을 비워냈다.

"그 이유를 말해 줄 수 있나."

"그 이유는 대감께서 더 잘 아시고 있으리라 생각합니다만."

다시 가희가 이첨의 잔을 채웠다. 이첨이 잔과 가희의 얼굴을 번갈아 바라보며 가볍게 한숨을 내쉬었다.

"내 실책이 있었음을 인정하겠네. 그러나…."

이첨이 말하다 멈추었다. 가희가 재촉하지 않고 이첨의 얼굴을 빤히 주시했다.

"내가 왜 그랬는지는 생각해 보았나?"

"그 대목에도 이유가 있다는 말씀이신가요?"

"한마디로 완급을 조절하기 위함이었네."

"그게 무슨 말씀이신지요?"

"폐비에 대한 내 생각은 조금도 변함이 없네. 또한 왕에 대한 충성심도 한결같네."

"그런데요?"

"다만 급히 먹는 밥이 체한다고 모두의 중지를 모아 일 처리 하는 게 모양새가 좋기에 관망하고 있었다네."

"대감의 충성심이야 그 누가 의심하겠어요. 다만…."

"마저 말해보게."

이첨이 다시 잔을 비워냈다.

"역시 완급의 문제입니다. 지금 조정은 물론 온 나라가 폐비 문제로 발목이 잡혀있지 않습니까."

"그야 그렇지."

이첨이 힘없이 말을 받았다.

"그런 경우라면 빨리 폐비 문제를 매듭지어야 도리 아닌가요. 일전에 영창대군 문제도 그러하고…."

가희가 슬그머니 영창대군 제거 당시의 일을 떠올렸다. 순간 이첨의 입에서 가느다란 신음이 터져 나왔다.

"박홍도는 어찌할 생각인가?"

"그 사람에게 약조하였습니다. 끝까지 뒤를 봐주겠다고."

이첨의 입에서 다시 한숨이 흘러나왔다.

"대감, 지금 조정에서 박홍도를 죄주자고 벌떼처럼 일어나고 있습니다만 그리 쉽지 않을 것입니다."

"전하께서 지속해서 불허하고 계시지 않는가."

"대감, 저는 그 일로 전하의 마음의 소재를 알고 싶습니다."

가희가 담담한 표정을 지으며 말을 잇자 이첨의 얼굴색이 잿빛으로 변하고 있었다.

"아니 되옵니다, 전하. 이 대감은 그저 충성스런 개에 불과할 뿐입니다. 그러니 가끔 뼈다귀만 던져주면 유용가치가 충분합니다."

"하기야 오로지 제 욕심대로 일 처리하니, 그저 가희 말대로 먹이만 잘 주면 될 일이지."

"자, 이제 그 일은 잊으시고 우리들만의 시간을 가지시지요. 너희들은 뭐하는 게냐. 어서 전하께 술 올리지 않고."

가희의 추궁에 임 소의와 정 소의가 갈피를 잡지 못하고 있었다.

"전하, 잔을 드시지요."

가희의 요구에 광해가 잔을 들자 가희 역시 잔을 들었다. 임 소의가 정 소의에게 눈짓을 주고 병을 들어 광해의 잔을 채웠다. 이어 술병을 정 소의에게 넘기자 정 소의가 가희의 잔을 채웠다.

"전하, 성은을 베푸시지요."

광해가 술병을 들자 두 소의가 급히 무릎을 꿇고 공손하게 잔을 들었다. 광해가 두 사람의 얼굴을 찬찬히 살피며 잔을 채워주었다.

"전하, 이 두 소의가 소녀보다 훨씬 예쁘지요?"

잠시 생각에 잠겨 들었던 광해가 가희를 한 팔로 끌었다. 가희가 순간적으로 광해의 가슴에 묻혔다.

"알 수 없는 게 사람 마음이라고. 이 두 아이도 그렇지만 궁에 있는 많은 여인이 생김새는 예쁘지만 이상하게도 가희만 보면 여인으로 보이지 않아. 그런데 이 두 아이를 데려온 이유를 말해 줄 수 있느냐?"

"전하께서 맞추어보세요."

가희가 광해의 옷을 파고들어 가슴을 어루만지기 시작했다. 순간적으로 가슴에서 미세한 충격이 번지는지 광해가 움찔거렸다. 그 모습에 두 여인이 슬며시 고개 돌렸다.

"너희들이 모셔야 할 전하신데 바로 보도록 하거라."

"그러면 이 아이들과 잠자리를 하라는 이야기냐?"

"그러하옵니다, 전하."

"두 아이와 함께!"

광해의 눈이 동그랗게 변하며 목소리 역시 올라갔다.

"아니지요."

"아니라니, 그러면?"

"소녀까지 셋이지요."

광해뿐만 아니라 두 여인의 눈이 휘둥그레 변해 갔다. 그러기를 잠시 후 광해가 가볍게 입맛을 다셨다.

"전하, 저뿐만 아니라 이 조선의 모든 여인이 전하의 소유이옵니다. 그러니 모두에게 성은을 베풀어주심이 가하지요."

"그게 가능할지 모르겠구나."

"당연히 가능하옵니다."

말을 마친 가희가 의혹의 시선을 보내는 광해의 품에서 벗어나 곁에 놓아둔 약봉지를 들고 다시 자리 잡았다. 이어 네 사람의 잔에 동일한 양의 가루를 탔다.

"이게 무엇인고?"

광해뿐만 아니라 두 여인 모두 의아한 표정을 지었다.

"일종의 미약입니다."

세 사람이 동시에 미약을 되뇌며 서로의 얼굴을 바라보았다.

"전하께서는 이 나라의 군왕으로서 궁극의 쾌락을 느끼실 자격이 충분하다고 사료되어 소녀가 용하다는 의원의 도움으로 이 약을 마련하였습니다."

세 사람의 시선이 다시 술잔으로 향했다.

"전하, 소녀가 왜 이 미약을 준비했는지 아시나요?"

"가희가 금방 이야기하지 않았느냐. 궁극의 쾌락을 느끼라고."

가희가 이빨을 드러내며 웃었다.

"왜, 다른 이유가 있느냐?"

"전하, 선왕을 생각해보십시오."

"선왕이라…."

"선왕께서는 음식에 의존하시지 않으셨습니까."

"그랬지. 그래서 기름진 음식만 섭취하…."

광해가 말하다 말고 활짝 웃었다.

"그래서 그를 방지하자는 차원에서 준비하였습니다. 전하의 식단도 조절하면서 건강도 유지하고. 그러면서 궁극의 쾌락도 누리시라고 말이옵니다."

광해가 다시 가희를 끌어안았다.

"자, 이제 모두 한 번에 잔을 비워내도록 해요."

광해와 가희가 잔을 들자 두 여인이 머뭇거렸다.

"왜들 그러느냐?"

"소녀들은 술은…."

"무슨 소리냐. 내 방금 이야기하지 않았느냐. 이건 술이 아니라 약이라고. 그러니 한 방울도 남기지 말고 모두 마시도록 해라."

가희의 명에 따라 두 여인이 잔을 들었지만 여전히 머뭇거렸다.

"너희들은 전하의 성은을 입고 싶지 않느냐? 그러니 한 번에 들이키도록 해라."

가희가 재차 명을 내리자 두 여인을 포함하여 모두 잔을 비워냈다.

"전하, 앞으로 전하의 식단과 잠자리의 쾌락은 전적으로 소녀가 주관하도록 하겠사옵니다."

"당연히 그리해야 할 일이로고."

"그리하여 전하와 생을 함께할 것입니다."

가희가 말을 마치고 광해와 두 소의의 얼굴을 바라보자 서서히 붉어지기 시작했다. 그를 살피며 가희가 자리에서 일어나 자신의 옷을 벗고 광해의 옷을 벗겼다. 그를 바라보던 두 소의 역시 옷을 벗고 광해와 가희 곁으로 다가왔다.

가희가 어느 순간 눈을 떴다. 그 상태에서 고개 돌려 옆을 바라보았다. 쥐 죽은 듯 흐트러져 있는 두 여인의 가운데에 누워있는 광해의 얼굴에 만족감이 가득 들어차 있었다.

권 숙의

"상궁 마마, 권 상궁입니다."

한여름 처소에서 부채질로 더위를 쫓으며 시간을 보내는 중에 밖에서 권 상궁의 목소리가 들려왔다. 문으로 시선을 돌리자 권 상궁이 문에 드리워진 발 가까이서 큼지막한 보따리를 들고 서 있었다.

"웬일이냐?"

가희의 시선이 보따리로 집중되고 있었다.

"소녀, 상궁 마마께 긴히 부탁드릴 일이 있어 찾아뵈었습니다."

"어서 들라."

가희가 야릇한 미소를 머금으며 자리에 몸을 눕혔다. 들어선 권 상궁이 보따리를 옆에 내려놓고 큰절을 올리고는 곧바로 가희 곁에 놓여 있는 부채를 들었다.

"마마, 너무나 덥사옵니다."

"그런데 무슨 일인고?"

가희가 천천히 자리에서 몸을 일으키자 권 상궁이 가희를 향해 부채질하기 시작했다.

"일전에 부탁드렸던 일에 대해 다시 부탁드리려고 이렇게 염치 불고하고 찾아뵈었습니다."

"내가 안 된다고 하지 않았던가."

"물론 그랬었지요. 그래서 다시…."

권 상궁이 시선을 보따리로 주었다.

"그건 무엇인고?"

가희가 호기심을 표하자 권 상궁이 급하게 보따리를 풀었다. 그러자 엽전 꾸러미와 한여름의 햇빛이 부러워할 정도로 찬란한 광채를 발하고 있는 물건이 시선에 들어왔다.

"아니, 이건…."

"제 어머니께서 고이 간직하고 있던 주옥입니다."

"이 귀한 보석을…."

가희가 벌어진 입을 다물지 못하고 있었다.

"상궁 마마!"

권 상궁의 표정이 간절했다.

"이러면 곤란해지는데…."

얼마 전에 원수신의 딸인 원 나인을 숙의로 책봉했었다. 당시 정원이 세 명인 숙의의 자리가 차있었음에도 돈과 애절한 공세로 인해 눈감고 그녀를 숙의에 봉했다. 그 일로 중전 유 씨가 우려를 표한 적 있었다.

그런데 이미 정원을 넘친 상태서 권 상궁이 집요하게 숙의 자리를 원했다. 하여 일전에 그와 관련하여 돈 보따리를 들고 찾아왔을 때 그를 물리친 적이 있었다. 물론 돈의 액수도 그러하지만, 중전과 다시 부딪칠 수 있다는 판단에서였다.

오부 김가희

"권 상궁, 일전에 왜 내가 부탁을 들어주지 못했는지 아는가?"

"그야 이미 정원이 초과된 상태이기 때문이었지요."

"그런데 반드시 그런 게 아니라, 중전을 의식하지 않을 수 없어서야."

"중전마마요!"

"본인의 권한을 남용한다 생각하는 게지. 궁중의 법도를 무시하면서 말이야."

"그러면 이번에도…"

권 상궁의 표정이 급격히 침울하게 변해 갔다.

"권 상궁이 이리도 열정적으로 원하니 일을 성사시켜야겠지."

가희가 부드러운 투로 말을 건네자 권 상궁의 얼굴에 희미하게 미소가 감돌았다.

"혹시라도 제 일로 중전마마께서 역정 내시면 어쩌시려고요?"

잠시 생각에 잠겨 들었던 권 상궁의 얼굴에서 미소가 사라지고 있었다.

"왜, 중전이 내게 화를 낼 거라 생각하느냐?"

권 상궁이 대답하지 못하고 난처한 표정을 지었다.

"그 화살이 권 상궁에게 돌아갈까 봐 겁이 나는 모양이지?"

"꼭 그런 건 아니지만…"

"그러면 뭐가 걱정된다는 말이냐?"

"소녀가…"

"결국 자네가 해코지당할까 걱정된다. 이 이야기 아닌가?"

권 상궁이 대답하지 못하고 난처한 표정을 지었다.

"자네는 내명부의 실세가 누구인지 모르나?"

"그야 마마님이시지요."

"그런데 뭐가 걱정이란 말이냐!"

가희가 단호하게 말하자 권 상궁의 표정이 밝아졌다.

"저 마마님."

권 상궁이 말하다 말고 가희의 눈치를 살폈다.

"할 말 있으면 주저 말고 말해 보거라."

"임 숙의께 이야기 들었는데 그… 무슨 약이라고…"

"미약 말이지."

"소녀에게도…"

가희가 무슨 의미인지 알겠다는 듯 미소를 머금었다.

"원래는 돈을 받고 주는데 자네는 이번에는 그냥 주도록 하겠네."

"감사하옵니다, 마마."

"그건 그렇게 처리하도록 하고 가서 변 상궁을 들라 하게."

"변 상궁을 무슨 일로…"

"오늘 변 상궁을 전하의 침소로 들이기로 했는데 자네에게 그 자리
를 대신하도록 하려 하니 어서 가서 들라 하게."

권 상궁이 거듭 치사하며 밖으로 나서자 가희가 가만히 미소를 머금
고 얼마 전에 있었던 일을 떠올렸다.

원수신의 딸을 숙의로 봉하고 그 일로 중전이 격노했다는 소식을 접

한 가희가 중전을 찾았다. 물론 무시해도 될 일이었지만 중전과는 척을 지고 싶지 않았다. 하여 가는 길에 원 숙의가 가져온 보석 일부도 조그마한 상자에 챙겼다.

"웬일인가?"

처소에 들어서는 가희를 바라보는 중전의 표정이 밝지 못했다.

"마마님의 오해를 풀어드리기 위해 찾아뵈었습니다."

가희가 자리 잡으며 조그마한 상자를 중전에게 건넸다.

"이것은 무엇인가?"

"마마께서 오해할 소지를 드린 데에 대한 사죄의 선물입니다."

"오해할 소지라니!"

중전의 목소리가 살짝 올라갔다.

"마마께서 원 나인을 숙의로 봉한 부분에 대해 우려를 표하셨다는 말을 들었습니다."

"그 일에 내가 모르는 부분이 있나?"

가희가 즉답을 피하고 살며시 미소를 보였다.

"혹시…."

"그러하옵니다, 바로 전하의 의지였습니다."

"무슨 이유로?"

"지금 전하의 슬하를 살펴보십시오."

"자식이래 봐야 세자…."

중전이 말을 채 끝맺지 못하고 길게 한숨을 내쉬었다.

당시 광해군의 자식으로는 세자인 지만 존재했다. 비록 여러 후궁들이 있었으나 광해군은 그녀들로부터 자식을 얻지 못하고 있었다.

"그런 상태인데 전하의 심정은 어떠하겠습니까?"

"당연히 자식 욕심이 생기겠지."

중전이 다시 한숨을 내쉬었다.

"그래서 일이 그리 진행되었는데 마마께서 우려를 표하셨다고 해서…"

중간에 말을 멈춘 가희가 중전의 표정을 살폈다. 서서히 미소가 번졌다.

"정말로 내가 그를 살피지 못하고 오해했었네."

"아니옵니다, 마마. 이는 궁중의 법도를 무시하고서라도 자식을 얻고 싶은 전하의 간절한 마음 그리고 그를 적절하게 제어하지 못한 소녀의 책임이 적다 하지 않을 수 없습니다."

"아니야, 그 일에는 내가 발 벗고 나서야 했는데 그러지 못한 내 책임이 적다 하지 않을 수 없네."

"역시 마마님의 마음은 하해와 같사옵니다."

가희의 치사에 중전이 다가와 가희의 손을 잡았다.

"어찌 생각하면 참으로 변고로고, 변고야."

"무엇이 말이온지요?"

"전하께 자식이 이리도 귀할 줄 누가 알았나."

"제가 최선을 다해 보필하겠사옵니다."

중전이 다시 한숨을 내쉬고 가희의 손을 놓고 가희가 가져온 조그마한 상자에 시선을 주었다.

"오히려 내가 김 상궁에게 보답의 선물을 주어야 하는데."

"마마님의 하해와 같은 마음보다 더 큰 선물은 있을 수 없사옵니다."

중전의 얼굴 전체에 미소가 번지고 있었다.

"상궁 마마, 찾아계시온지요."

한창 생각에 몰두하고 있을 즈음 변 상궁이 들어섰다.

"어서 들어와 자리하게."

변 상궁이 자리하자 가희가 가만히 그녀를 바라보았다.

"아버지는 무탈하시지?"

그녀의 아버지 변충길은 사복시에서 말을 키우던 천한 종이었다. 가희가 얼마 전 변 상궁으로부터 비록 돈을 받기는 했지만 그런 그를 횡성 현감으로 제수했던 터였다.

"모두 마마님의 은덕이옵니다."

"그런데 말이야…"

가희가 말을 멈추고 진지한 표정을 짓자 변 상궁이 순간 긴장했다.

"말씀 주십시오."

"들리는 바에 의하면, 자네 아버지가 벼슬을 팔고 있다는 소식이 들려오던데."

"무슨 말씀이시온지…?"

변 상궁의 얼굴이 잿빛으로 변하고 있었다.

"유석증 형제에게 돈을 받고 관직을 팔았다고 하던데."

변 상궁이 급히 무릎 꿇고 고개 숙였다.

"그 일로 나도 그렇지만 전하께서 상당히 노여워하고 계신다네."

급기야 변 상궁의 얼굴에서 눈물이 흘러내리기 시작했다.

"그래서 부득이하게 오늘은 내가 전하를 모셔야 하니 그리 알게!"

집들이

관인방 입구에 들어서자 저만치서 길녀가 기다리고 있었다. 며칠 전 어머니로부터 소식을 받았다. 전에 살던 집과 멀지 않은 곳에 그럴싸한 집을 장만하였고 그를 기념하기 위해 조촐하게 집들이 하겠으니 반드시 참석하라고.

"어머니가 직접 나오셨어."

"이 나라 최고의 실세가 방문하는데 이도 부족하지 않겠니."

길녀의 얼굴에서 능글맞은 웃음이 흘러나왔다. 그를 살피며 잠시 걸음을 옮기자 전에 살던 집과는 비교할 수 없을 정도의 저택 대문 앞이 사람들로 어지러웠다.

"저기야?"

길녀가 대답 대신 함박웃음을 지으며 고개를 끄덕였다.

"그런데 저 사람들은 뭐야?"

"네가 올 시간이 되었으니 모두 마중 나온 거지."

의아한 생각으로 잠시 걸어가자 저쪽에서 가희의 존재를 확인하고는 앞다투어 앞으로 나섰다.

"상궁 마마, 어서 오십시오."

가희에게 다가선 사람들이 고개 숙여 혹자는 허리를 깊숙이 구부려

인사를 올렸다. 가희가 그 사람들의 면면을 훑었다. 이의신, 김일룡, 복동, 정정남과 젊은 사내 두 사람, 박홍도 그리고 그 옆에 멀쑥하게 생긴 남자 등이었다. 그들 뒤로 저만치에 유몽옥이 싱글벙글하고 있었다.

"어서 집안으로 들자고."

"그래요, 남들 눈도 있고 하니 어서들 안으로 들지요."

가희가 마중 나온 사람들과 가볍게 눈인사를 주고는 길녀의 안내로 집안으로 들었다. 안에 들자 널따란 마루 위에 산해진미가 차려진 상들이 모습을 드러냈다. 그를 살피다 다시 주변 사람들을 찬찬히 살피고 마루에 올라 이미 준비된 상석에 자리하자 사람들이 좌우로 자리 잡았다.

자리 잡기 무섭게 길녀가 술병을 들고 자리를 옮기며 모든 사람에게 술을 따랐다.

"우리가 오랜만에 상궁 마마님을 모시고 자리를 함께하는 만큼 잔을 들기 전에 마마님의 말씀을 들어야 하지 않겠소."

의신이 자리에서 일어나 가희를 바라보았다.

"자리에 앉으세요. 그리고 그 전에 일찍이 뵙지 못했던 사람이 세 분 있는데 어떤 사연인지 먼저 알아보도록 하지요."

가희가 박홍도에게 시선을 주었다. 시선을 받은 홍도가 자신의 곁에 앉아 있는 이정원을 바라보고 고개를 주억거렸다.

"상궁 마마, 소인은 조정에서 검상(의정부에서 죄인을 거듭 심리하여 죄의 사실을 밝히고 검사하는 일을 맡아 하던 정5품 벼슬)을 역임했던 이정원이라 하옵니다."

요부 김가희

"그대는 낯이 익은데…"

가희가 말하다 말고 홍도를 주시했다.

"마마께서 궁궐에서 가끔은 접해보았을 것입니다. 이분도 저처럼 이첨에게 고분고분하지 않는다고 배척당해서 현재 찬밥 신세로 전락하였사옵니다."

홍도가 진지한 표정을 짓고 말하자 여기저기서 한동안 이첨을 욕하는 소리가 이어졌다.

"이이첨이 조만간 끈 떨어지겠구먼. 사람을 그리 대하면 되는가. 그래서야 누구 하나 그 곁에 붙어 있겠는가."

"그 이야기는 차차 하기로 하고…"

의신이 혀를 차자 가희가 정정남을 주시했다. 시선을 받은 정남이 두 사람에게 일어나서 예를 올리라 하자 두 사람이 일어나 큰 절로 예를 올렸다.

"상궁 마마, 제 아들과 외척으로 조카 되는 아이입니다."

"그래요, 상당히 믿음직스럽게 생겼군요."

"상궁 마마, 소자 몽필이라 하옵니다."

몽필이 고개 숙이며 걸쭉한 소리로 자신의 이름을 밝히자 한판 웃음판이 벌어졌다.

"저는 박응남이라 하옵니다."

응남이 몽필에 뒤질세라 한껏 목소리를 높이자 모두가 잠시 멈칫했다 역시 크게 웃어 젖혔다.

"그래, 두 사람은 지금 무슨 일을 하는고?"

"일하려고 아버지를 졸라 마마님을 뵙게 되었습니다."

"무슨 일이 하고 싶은데?"

"마마님을 가까이서 보필하고 싶사옵니다."

가희가 다정스럽게 말을 건네자 몽필이 모든 사람을 번갈아 바라보다 당당하게 소리쳤다. 가희가 미소 지으며 가까이 오라 이르자 몽필이 가희 옆으로 다가섰다.

"잘하는 게 있나?"

"그저, 이 몸으로…."

"장안에 왕초예요, 왕초."

몽필이 몸을 으스대자 응남이 거들었다.

"나를 보필하고 싶다 했는데 특별한 이유라도 있나?"

"마마님이 남 같지 않아 그러하옵니다."

"그건 또 무슨 소리인가?"

"제 아내도 김 씨라서…."

몽필이 도중에 슬그머니 말꼬리를 흐리자 가희가 잠시 김 씨를 되뇌며 몽필의 손을 잡았다.

"그러면 지금부터 자네는 내 조카사위일세. 자네 말대로 가까이서 나를 보좌하면서 봉산과 재령 등 지방에 산재해 있는 내 소유의 논과 밭을 관리하도록 하게."

입이 찢어져라 벌어진 몽필이 그 자리에서 큰절을 올렸다.

요부 김가희

"상궁 마마, 너무나 황공하옵니다. 그런 의미에서 잔을 들도록 하지요."

정남의 제안에 모두 잔을 들어 비워냈다. 살짝 잔에 입을 댔다 뗀 가희가 이정원을 바라보았다.

"내친김에 이 검상의 이야기도 들어보지요."

"직접 당사자에게 이야기를 들어보시지요."

가희가 홍도를 주시하자 홍도가 공손하게 답했다. 이정원이 가볍게 헛기침하고 입을 열었다.

"지금 지난번 허균이 연루된 남대문 벽서사건에 유희분의 조카인 유충립이 저를 연루시키려 상소를 올렸습니다."

"무슨 이유로?"

"벽서 내용이 저로부터 비롯되었다고 하옵니다."

"뭐라!"

가희가 기가 차다는 듯한 반응을 보이자 모두의 시선이 일시에 가희의 입으로 향했다.

"허균의 역모 사건은 이이첨 작품이란 걸 알만한 사람들은 다 알고 있는 거 아닌가요. 그런데 거기에 이 검상이 연루되었다…"

"상궁 마마, 냄새가 진동합니다."

"그러면 유희분과 이이첨이 손을 잡았다는 이야기인데…"

복동이 눈살을 찌푸리자 가희가 그 표정을 찬찬히 살폈다.

"마마, 그래서 지금 이 검상이 곤경에 처해 있습니다. 아울러 마마님만이 이를 해결할 수 있다고 믿습니다."

홍도가 힘주어 말하자 가희가 술병을 들었다. 그를 바라보던 모든 사람들이 빈 잔을 들고 가희 앞을 지나며 차례로 공손한 자세를 취하고 술을 받았다.

"이 검상, 검상의 직급이 어떻게 되지요?"

"정5품입니다."

"내일 당장 정4품의 직으로 찾아보세요."

"마마, 그러면 두 단계를…"

"그동안 쉬지 않았습니까?"

"물론 그렇지만…"

"쉬었던 기간에 대한 보상을 받아야지요."

가희가 힘주어 이야기하자 이정원은 물론 모든 사람이 상궁 마마를 연호했다.

"저 상궁 마마…"

의신이 막상 불러놓고 뜸을 들이고 있었다.

"기탄없이 말씀하세요."

"이런 경사스런 자리에서 이런 말씀드려도 될는지 모르지만, 여하튼 지금 한창 경덕궁을 공사 중이지 않습니까?"

"그런데요?"

가희가 술잔을 만지작거렸다.

"들리는 바에 의하면 우찬성 이충이란 작자가 전하께 역사를 중지해 줄 것을 연속으로 상소하고 있다 합니다."

의신의 설명에 가희가 가만히 상소를 되뇌었다.

"마마, 이충은 선왕 시절 이산해, 윤두수 등을 탄핵하려다 오히려 탄핵을 받아 삭탈관직 되어 유배지에서 사망한 이량의 손자입니다."

"그런 사람이 어떻게 조정의 요직에 있습니까?"

"그 사람 배후에 이이첨이 있습니다."

정원의 거듭된 설명에 가희가 미간을 찡그렸다.

"이산해와 이이첨은 같은 당 아닌가요?"

"이이첨이란 인간이 그렇습니다. 그저 제 욕심 외에는 아무것도 고려의 대상이 되지 않습니다. 자신을 추종하던 허균을 역모 사건을 빙자해 제거했듯 정말 신뢰할 수 없는 인간 망종입니다."

가희가 슬그머니 이를 갈았다.

"그런데 그 이유가 무엇인가요?"

"제 욕심 채워달라는 이야기인 듯합니다."

잠자코 침묵을 지키고 있던 김일룡이 가볍게 혀를 찼다.

"오만방자한 놈 같으니라고. 이첨을 믿고 까불어 대다니. 여하튼 그 사람은 그냥 무시하세요. 내 곧바로 조처 취하겠어요."

"저 상궁 마마."

가희가 단호하게 말을 맺자 복동이 간절한 표정을 지으며 가희를 바라보았다.

"내친김에 말해보세요."

"마마께 은혜를 받고자 하는 사람들이 있어서…"

복동의 얼굴을 잠시 살피다 이정원과 박홍도의 얼굴을 번갈아 바라보았다.

"인사 관련 문제는 이 검상과 박 정랑에게 일임하겠어요. 아 참, 박 정랑은 추후에 바로 전하 곁에서 머물도록 조처를 취하지요."

가희가 말을 마치고 모두를 둘러보았다. 모두의 얼굴에 환희의 빛이 감돌았다.

"자, 이제 자리가 자리인 만큼 술잔들 기울이도록 하지요."

가희의 제안이 이어지자 본격적으로 술판이 벌어지기 시작했다. 서로 잔을 주거니 받거니 하면서 한창 흥이 오를 무렵 정남이 길녀에게 눈짓을 주었다. 길녀가 가희에게 다가와 귓속말로 몇 마디 하자 가희가 모두에게 양해를 구하고 안채로 이동했다. 사이를 두고 정남이 뒤를 따랐다.

세 사람이 안채에 들자 앳된 소녀가 다소곳하게 자리에서 일어나 고개 숙였다.

"소녀 소정이 상궁 마마님을 뵈옵니다."

가희가 정남을 바라보았다.

"마마, 제 여식이옵니다. 이 아이에게 상궁 마마님 말씀을 드렸더니 기어코 뵈어야겠다며 성화를 부려서 그만 결례를 범했습니다."

"몇 살인고?"

"소녀 올해 아홉 살이옵니다."

가희가 가만히 아홉을 되뇌며 다시 소정의 외모를 찬찬히 훑었다. 비록 어리지만 가무잡잡한 피부, 살짝 찢어진 눈꼬리, 반듯하게 뻗어내린 코, 앵두 같은 입술 그리고 드러날 듯 말 듯 한 보조개며 한눈에 보아도 색의 기운이 진하게 풍겨 나오고 있었다.

"그런데 무슨 이유로 나를 보자고 하였느냐?"

"상궁 마마님처럼 되고 싶사옵니다."

"궁궐에 들어가고 싶다는 이야기로 들리는데."

"그러하옵니다, 마마님. 꼭⋯."

"뜻이 정히 그러하다면⋯."

가희가 말하다 말고 정남을 바라보았다.

"내일 당장 궁으로 들여보내세요."

본때

"마마님, 오라버니 대령하였습니다."

"어서 들라 해라."

가희가 자신의 처소에서 무엇인가에 골몰하는 중에 몽필이 도착했다는 소정의 목소리가 들려왔다. 곧바로 지시하자 몽필과 소정이 방으로 들어섰다.

"정 나인은 윤 귀인을 불러 오거라."

가희가 소정을 내보내고 몽필을 바라보았다. 몽필의 표정이 진지하게 변하고 있었다.

"마마님, 어인 일로 부르셨습니까?"

"잠시 후면 귀인 윤 씨가 들어올 거야."

"무슨 일로…?"

몽필의 얼굴에 호기심이 가득했다.

"본때를 보여줄 일이야!"

"본때라 하심은?"

귀인 윤 씨가 딸 아이를 잉태하고 일시적으로 왕의 총애가 이어지자 가희의 존재를 무시하고, 한 걸음 나아가 가희의 권위를 넘어서려 했다. 그 일로 윤 귀인에게 좋은 말로 주의를 주었었다.

그러나 그도 잠시 지지난 저녁 가희에게 허락도 구하지 않고, 가희가 지정했던 변 상궁을 협박하여 제멋대로 왕의 침소에 찾아들었다. 그 사실을 윤 귀인의 태어난 딸을 위해 윤 귀인 처소에 나인으로 들인 소정에게 전해 듣고 몽필을 불렀던 터였다.

"가져오라 한 건 가져왔느냐?"

"마마님 말씀대로 효과가 강력하고 회복 시간이 짧은 것으로 가져왔는데 도대체 수면제를 무엇에 쓰시려 하십니까?"

몽필이 조그마한 약봉지를 가희에게 건네자 가희가 곁에 차려진 다과상에 놓여 있는 식혜에 털어 넣었다.

"윤 귀인이 들어오면 이를 먹일 터이니 잠이 든 사이에 처절하게 짓밟아 버리도록 하거라."

가희가 슬그머니 이를 갈고 몽필의 가운데를 주시했다. 몽필이 의아한 표정을 짓고 가희의 시선이 향하는 곳을 바라보았다. 그리고는 멋쩍은 표정을 지었다.

"하오시면…."

"그년이 그곳을 함부로 놀리지 못하도록 해야 할 일이야. 자신 있느냐!"

"마마님의 분부라시면 없는 자신도 만들어야 할 일입니다."

"그리고 이건 자네가 윤 귀인이 들어오면 전하게."

가희가 조그마한 상자를 몽필에게 건넸다.

"무엇이옵니까?"

"주옥이야."

"그런데 그건 무슨 이유로…."

"소정에게 너무나 잘 대해준다는 데에 대한 보답 차원으로 주라는 이야기야."

잠시 생각에 잠겼던 몽필이 고개를 끄덕였다. 순간 윤 귀인이 도착했다는 소정의 말소리가 들려왔다. 방문이 열리며 윤 귀인이 아기를 안고 싱글벙글하며 안으로 들어섰다.

"어서 오게나. 이쪽은 내 조카사위며 정 나인의 오라버니일세."

"그런데 어인 일로 저를…."

윤 귀인이 들어서기 무섭게 몽필을 소개하자 윤 귀인이 의아한 표정을 지으며 어정쩡한 태도로 자리했다.

"정몽필이라 하옵니다. 동생으로부터 귀인 마마께 너무나 은혜를 입고 있다 해서 조그마하지만 보답하고자 찾아뵈었습니다."

말과 동시에 몽필이 방금 가희에게 받은 조그마한 상자를 윤 귀인에게 건넸다.

"어서 열어보게나."

윤 귀인이 잠시 머뭇거리자 가희가 재촉했다. 윤 귀인이 아기를 옆에 내려놓고 상자를 열었다.

"이 귀한 보물을… 이를 받아도 되는…. "

윤 귀인의 입이 다물어지지 않고 있었다.

"마마님이 베풀어준 호의에 비하면 이도 부족하옵니다."

몽필이 은근한 투로 말을 건네자 윤 귀인이 보석을 만지작거리며 소

요부 김가희

정을 바라보았다.

"자, 이제 다과를 즐기며 천천히 이야기 나누세."

가희의 제안에 소정이 다과상을 가운데에 놓았다. 그 상을 중심으로 세 사람이 자리 잡았다.

"일단 목을 축이는 게 순서겠지."

가희가 말과 동시에 식혜 잔을 잡자 몽필 역시 제 앞에 놓인 식혜 잔을 들었다. 그를 바라보던 윤 귀인이 보석을 옆에 내려놓고 따라서 잔을 들었다.

"항상 지금처럼 아이를 돌보아주게나."

"오히려 제가 고마워해야 할 일인데…"

가희와 몽필이 잠시 잔을 입에 댔다 떼어냈다. 그러나 윤 귀인이 보석에 대한 흥분을 가라앉히겠다는 이유 때문인지 아무런 의심도 품지 않고 단번에 잔을 비워냈다.

"나도 항상 자네를 고맙게 생각하고 있네."

가희가 상에 놓인 약과를 윤 귀인에게 건넸다. 윤 귀인이 아직도 흥분이 가라앉지 않는지 시선을 보석으로 주었다.

"저 역시 상궁님의 배려를 고맙게 생각하고 있습니다."

가희가 속으로 상궁을 되뇌며 씁쓰레한 미소를 머금었다.

"그러면 나는 중전마마와 약속이 있어 잠시 자리 비워줄 터이니 두 사람 천천히 대화 나누도록 하게. 아 참, 가는 김에 우리 귀한 아기 자랑도 할 겸 내가 데려가도록 하겠네."

윤 귀인이 잠시 의아한 표정으로 가희를 주시하다 시선을 보석으로 주고는 아무렇지도 않다는 듯 몽필을 바라보았다. 그를 살피던 가희가 천천히 몸을 일으켜 아기를 안고 방을 나서자 소정 역시 따라나섰다.

소정에게 문 앞에 서서 아무도 들이지 말라 지시하고 천천히 중궁전으로 걸음을 옮겼다. 중궁전에 들자 중전이 한 여인과 담소를 나누고 있었다.

"어서 오시게, 김 상궁."

반갑게 맞이하는 중전에게 예를 표하고 여인에게 시선을 주었다.

"자수궁에 머물러 있는 이여순 보살이라 하네."

중전의 소개에 가희가 눈을 반짝였다.

"말로만 듣던 이 보살을 이제 봅니다."

"저 역시 김 상궁에 대해서는 익히 들어 알고 있습니다."

가희가 자리 잡으며 중전에게 시선을 주었다.

"내가 앞으로는 이 보살과 가까이하기로 했네. 그런데 아기는 어인 일인고?"

"너무나 소중하고 귀한 아기라 마마께 선을 보이려 오는 김에 윤 귀인에게 들러 안고 왔습니다."

중전과 여순의 시선이 동시에 아기로 향했다. 여순이 아기를 바라보며 가만히 나무 관세음보살을 읊조렸다.

이여순은 이귀의 딸로 김자점의 동생인 김자겸과 혼인하여 불교에

238 　　　　　　　　　　　　　　　　　　　　　　　요부 김가희

심취하였으나 일찌감치 사별하고 김자겸의 절친인 오언관과 눈이 맞아 간통하던 중 발각되었다. 오언관은 죽임을 당했으나 여순은 광해군의 특별 배려로 목숨을 부지하고 자수궁에 들어 불도에 매진하고 있었다.

"김 상궁도 이참에 나와 함께 부처에 의탁함이 어떠할꼬."

"저는 아직 할 일이…"

중전의 은근한 제안에 가희가 아기를 옆에 내려놓고 슬며시 난색을 표했다.

"그렇지 않아도 상궁님을 뵙고 싶었습니다. 그래서 중전마마께 번거로움을 드렸습니다."

여순이 가희의 속내를 읽은 모양으로 대화를 바꾸어나갔다.

"살아 있는 부처께서 저를 찾으시다니요."

"너무나 영광입니다. 저를 부처에 비교해주시다니."

"비교가 아니라 이미 궁궐에 그렇게 알려져 있습니다. 아니 그렇습니까, 중전마마."

"그래요. 궁궐의 모든 사람들이 이 보살을 생불에 견주고 있지요."

"그런데 저를 무슨 이유로 찾으셨는지요?"

"제가 찾은 게 아니라…"

여순이 말하다 말고 중전을 바라보았다.

"이 보살의 시아주버니가 드릴 말이 있다고 하는데 김 상궁이 언제 시간 내어 만나봄이 어떠하겠나."

"시아주버니라니요?"

"시아주버니께서는 상인으로 포목과 화장품 그리고 장신구 등을 취급하는 데 도움을 받으시고 싶은 모양입니다."

가희가 가만히 포목, 화장품, 장신구를 되뇌고 중전을 바라보았다.

"그런 일이라면 마마께 부탁하심이 이롭지 않겠어요?"

"마마께서는 세속의 일은 접어두시고 이제 부처께 오로지 하신다고 하십니다."

"김 상궁이 좀 도와주면 좋겠네."

중전의 얼굴에 미소가 번지고 있었다.

"마마의 뜻이 그러하시다면 제가 기꺼이 도와드리도록 하지요."

가희가 흔쾌히 받아들이자 세 사람이 화기애애한 분위기로 대화를 이어갔다. 그러기를 어느 정도 시간이 흐르자 여순이 중전에게 눈짓을 주었다.

"아 참, 내가 이 보살과 자수궁과 정업원을 둘러보기로 하였는데 깜박했네. 김 상궁은 어찌할 텐가."

"저는 이 보살의 시아주버니를 도울 방법을 찾아봄이 옳을 듯하옵니다."

"그래, 그러면 다음에 기회 있을 때 함께 가도록 하지."

가희의 속내를 읽었는지 중전이 선선히 물러섰다. 이어 중전과 여순이 자리에서 일어나자 가희 역시 아이를 안고 일어나 자신의 거처로 움직였다. 거처에 도착하자 문 앞에 소정이 기다리고 있었다.

소정에게 아기를 건네고 윤 귀인의 거처로 돌아가라 지시하고 방으로 들자 기막힌 장면이 시선에 가득 들어왔다. 몽필과 윤 귀인이 벌거벗은 채 나란히 누워있었다. 가희가 몽필을 바라보자 개선장군처럼 호탕한 표정을 짓고 있었다.

그 옆에 누워있는 윤 귀인에게 시선을 돌렸다. 죽은 듯 누워있는 윤 귀인의 얼굴 여기저기에 몽필의 몸에서 분사된 끈적끈적한 이물질로 범벅되어 있었다. 가희가 가까이 가서 윤 귀인의 몸을 흔들었다.

윤 귀인의 조그마한 몸이 가희가 움직이는 대로 따라 움직였다. 시선을 몽필의 가운데로 주었다. 가희의 시선이 쏟아지자 그곳이 움찔거렸다. 가희가 팔을 뻗어 그곳을 손으로 어루만지자 이번에는 몽필의 눈이 휘둥그레졌다.

"떡 본 김에 제사 지낸다고, 가만히 있거라."

가희가 말과 동시에 아래 옷을 벗고 자신의 생식기로 몽필의 그곳을 어루만지기 시작했다. 잠시 후 원기를 회복한 몽필의 가운데가 가희의 안으로 들어가자 가희가 윤 귀인의 모습을 바라보며 왕복운동을 시작했다.

그러기를 어느 정도 시간이 흐르자 가희가 윤 귀인의 뺨을 때렸다. 윤 귀인의 입에서 가느다란 신음이 일어났다. 몽필의 얼굴에 희미한 힘줄이 드러나자 가희가 왕복운동에 박차를 가하며 조금 전보다 더 강하게 윤 귀인의 뺨을 때렸다.

윤 귀인으로부터 신음이 일어나면서 서서히 눈이 떠지고 있었다. 바로 그 순간 가희의 몸속으로 뜨거운 기운이 들어오고 있었다. 가희가 몽필의 기운을 모두 받아들이고 정색할 무렵 윤 귀인이 천천히 몸을 일으켰다.

"이제부터 이 사람이 네 서방이니 하늘처럼 떠받들도록 하라!"

윤 귀인이 잠시 주변을 살피다 상황파악이 되었는지 그대로 무릎을 꿇었다.

"마마님, 살려 주십시오!"

상소

저녁 무렵 가희가 소정을 앞세우고 궁을 빠져 거리로 나섰다. 지난밤 몽필의 아내가 죽었다는 소식을 접하고 조의를 표하기 위해 또한 졸지에 홀로 된 몽필을 위로하기 위해 길을 나선 참이었다.

"왜 죽었는지 알고 있느냐?"

가희가 심드렁하니 내뱉자 소정의 얼굴이 붉게 변했다.

"말 못할 사연이라도 있느냐?"

"그게 아니라…."

가희가 잠시 걸음을 멈추고 소정의 얼굴을 빤히 바라보았다.

"확실하지는 않은데, 들리는 이야기에 의하면 자살한 것으로 보인다 하옵니다."

"자살이라니, 무엇 때문에."

"오라버니가 워낙 밖으로만 돌기 때문에…."

"그러면 네 오라버니의 계집질 때문에 자살했다는 말이냐?"

소정이 차마 대답하지 못하고 있었다.

"못난 계집 같으니라고."

가희가 소정을 바라보며 혀를 찼다.

"그건 그렇고, 요즈음 윤 귀인은 어찌 처신하고 있느냐?"

"처신이고 뭐고 제 눈치 보느라 바쁜걸요."

소정이 어깨를 으쓱거리며 생긋 웃음을 흘렸다. 소정의 하얀 이빨을 보자 문득 몽필의 몸이 그리워지기 시작했다. 몽필과 관계를 가지기 시작한 이후 일대 생각의 변화가 찾아들었다. 그전까지는 항상 상대의 쾌감을 우선시했었다.

저세상으로 간 선왕과 현 왕의 말초신경을 자극하여 최대한의 기쁨을 이끌어내는 일이 우선이었다. 그러나 몽필과의 관계에서는 자신의 쾌감 만족이 우선이었다. 그런 이유로 왕은 후궁들에게 양보하고 틈틈이 몽필을 통해 자신의 쾌감을 만족시키고 있었다.

그 생각에 이르자 은근히 몸이 달아오르기 시작했다. 슬그머니 자신의 배꼽 아래를 바라보았다. 순간 아뿔싸 하는 생각이 찾아들었다. 갑자기 길을 나선 관계로 그곳을 제대로 단속하지 못하고 나선 참이라 옷이 자꾸 생식기를 간질이고 있었다.

가희의 얼굴이 절로 붉어갔다. 그뿐만 아니었다. 다리 안쪽에서 축축한 느낌이 감지되었다. 가희가 그를 자각하고 걸음을 멈추어 길게 숨을 내쉬었다.

"마마님, 왜 그러세요?"

소정이 걱정스러운 표정으로 가희를 바라보았다.

"소변이 나오려는 모양이다. 서두르자꾸나."

가희의 속내를 알 길 없는 소정이 앞서나가자 가희가 슬그머니 그곳을 단속하고 뒤를 따랐다. 오래지 않아 몽필의 집에 도착하자 먼저 도

요부 김가희

착한 소정으로부터 가희가 오고 있다는 소식을 접한 많은 사람들이 앞다투어 가희에게 다가섰다.

가희가 다가오는 그들의 표정을 살펴보았다. 어느 누구도 사망한 몽필의 아내를 애도하는 분위기를 비치지 않았다. 그저 그들의 시선에는 오로지 가희 자신뿐인 듯했다. 그 모습에 한껏 기분이 들떠 다가오는 모든 사람들의 손을 일일이 잡아주었다.

"상주는 어디 있나요?"

집에 들자 정남이 가희를 빈소로 이끌었다. 몽필이 정말 상주처럼 얼굴 가득 슬픔으로 위장하고 가희를 맞이했다.

"마마님, 바쁘실 터인데…."

"상심이 얼마나 큰가."

가희가 고인에 대한 예의를 표하고 몽필의 양손을 잡으며 가볍게 한숨을 내쉬었다. 몽필의 손을 잡자 잠시 전 상황이 재현되는 듯했다. 주위를 둘러보았다. 방 안에 있는 사람은 물론 열린 방문 사이로 많은 사람이 자신을 주시하고 있었다.

"마마님, 주무시고 가시겠습니까?"

가희를 바라보는 몽필의 눈길이 간절했다.

"당연한 일 아니냐."

"이따 응남이 마마님을 모시러 올 것입니다. 그러면 제가 뒷일을 마무리하고 곧바로 찾아뵙도록 하겠습니다."

가희가 빈소를 벗어나자 몽필이 곁에 바짝 붙었다. 그 순간 세 사내가 다가와 가희에게 깊게 고개 숙였다.

"댁들은 뉘신가?"

의아한 표정을 지으며 바라보자 몽필이 쪽지를 건넸다. 쪽지를 펼치자 짤막하게 '인동 부사 지응곤, 함안 군수 권충남, 양산 군수 김충보'라는 글이 적혀 있었다.

"이 사람들인가?"

"마마님, 소인을 물심양면으로 도와주는 사람들입니다."

"그러면 당연히 보답해야겠지."

가희가 미소를 지으며 세 사람을 바라보자 세 사람이 허리가 부러질 정도로 깊숙하게 구부렸다. 몽필의 얼굴에서도 미소가 감돌았다. 그 순간 정남이 다가와 그의 안내로 방에 들어 잠시 쉬고 있는 중에 이정원과 박홍도가 한 사람을 대동하고 들어섰다.

"상궁 마마, 소인 좌부승지 성진선입니다."

가희가 자리하자 성진선이 깊숙이 고개 숙였다.

"성 승지께서 어인 일인가요?"

"마마께서 이곳에 왕림하시리라는 소식을 접하고 감히 찾아뵈었습니다."

"나를 말이오. 귀하는 이이첨 대감의 수족과 진배없는 사람 아닌가요?"

"물론 그랬습니다만…."

진선이 말하다 말고 정원을 바라보았다.

"마마, 지금 이첨이 원접사로 떠난 사실은 알고 계십니까?"

"물론 알고 있지요. 그런데 왜?"

"이첨이 길을 떠나면서 이곳의 일을 모두 성 승지께 일임하였습니다."

가희가 가만히 이첨을 되뇌었다.

"그 일과 내가 무슨 관계인지요?"

"성 승지가 이참에 마마께 의탁하려 합니다."

홍도가 얼굴에 잔뜩 미소를 머금고 가희와 진선을 번갈아 바라보았다.

"무슨 특별한 이유라도 있나요?"

"한마디로 믿을 수 없는, 신뢰가 가지 않는 사람이라는 이야기입니다."

이번에는 정원이 대신 대답해 주었다.

"마마, 혹시 금번에 홍문과 서리인 김충열이 마마를 음해하는 상소를 올린 사실을 알고 계십니까?"

진선의 말에 가희가 인상을 찌푸리며 정원과 홍도를 번갈아 바라보았다.

"저희도 방금 성 승지로부터 전해 들었는데 김충열 이놈이 상소를 올렸다 합니다."

"무슨 내용으로…."

"중국에 있었던 주나라의 포사를 빗대어 마마께서 조선 3백 년 종묘사직을 망치니 전하께서 통촉하셔야 한다는 내용입니다."

홍도의 부연 설명이 이어지자 가희의 뇌리로 측천무후가 스치고 지나갔다.

"포사가 누군가요?"

"중국 서주의 마지막 왕인 유왕幽王의 애첩이었는데 왕이 포사를 웃기기 위하여 거짓 봉화를 올려 제후들을 모이게 할 정도로 아낀 여인이었습니다."

정원의 설명에 가희가 소리 내어 웃었다.

"그 여인 때문에 나라가 망했다는 이야기로 들립니다만…"

"결국 그리되었습니다."

답하는 정원의 표정이 굳어지고 있었다.

"그 상소가 이 대감의 작품이라는 말인가요?"

"그러하옵니다, 마마."

진선의 표정 역시 굳어갔다.

"참으로 유치하군요. 이 대감이 그 정도일 줄이야…"

"그래서 제가 뒤늦게나마 이 대감의 실체를 파악하였습니다. 그런 이유로 더 이상 상종하기 힘들다 판단하여 뒤늦었지만 마마께 의탁하려 합니다."

"나로서는 고마운 일이지요. 그런데 그 상소는 어찌 처리하실 계획인가요?"

"전적으로 마마님의 의중에 달려 있습니다."

가희가 속으로 포사를 되뇌었다. 그런데 이첨은 일찍이 자신을 가리켜 측천무후를 언급했었다. 측천무후와 포사를 연상하던 가희가 가만히 미소를 머금었다.

"그냥 무시해버리세요."

"이첨 이놈은 어찌 처리할까요?"

가희가 단호하게 언급하자 정원이 목소리를 높였다. 정원을 바라보며 이첨을 떠올렸다. 방금 이야기한 상소 내용을 살피면 참으로 유치하기 짝이 없다 생각 들었다. 마치 이첨이 막다른 골목까지 가 버린 게 아닌가 하는 생각까지 일어났다.

"적당히 주물러 주고 말지요."

"마마, 그냥 이참에 끝장내버리는 게 어떻겠습니까!"

이번에는 홍도가 소리를 높였다.

"어차피 끈 떨어진 뒤웅박인데 그냥 내버려두도록 하세요."

"역시 마마님이십니다. 마마님의 뜻대로 가볍게 손보는 선에서 마무리하겠습니다."

"그래요. 어차피 이제 조정은 여러분 손에 달려 있으니 굳이 이 대감 문제는 신경 쓰지 않아도 될 듯합니다."

가희가 결론을 내리자 진선이 정원과 홍도를 바라보다 고개 숙였다. 가희가 그들과 화기애애한 분위기에서 자리를 이어가는 중에 응남이 들어섰다.

"자네가 어인 일인가?"

"이제 마마님께서 쉬셔야 할 듯하여 소인이 모시러 왔습니다."

"하기야 이제는 우리도 천천히 자리를 물리도록 하지요."

응남과 대화를 주고받던 홍도가 진선과 정원에게 눈짓을 주자 모두 자리에서 일어나 가희에게 고개 숙이자 가희 역시 자리에서 일어났다.

방에서 나서 대문으로 이동하면서 그 자리에 참석한 모든 사람들의 손을 일일이 잡아주었다.

"마마님!"

가희와 응남이 거리로 나서자 어둠으로 뒤덮여 있었다.

"말해 보아라."

"마마님은 왜 가마를 이용하지 않으시는지요?"

"가마를 보면 말이야 관짝 같은 생각이 일어나. 그 좁은 공간에 갇혀서 옴짝달싹도 못 하잖아."

"단지 그 이유 때문인가요?"

"가마를 이용하면 응남과 이렇게 사이좋게 함께할 수 없지 않느냐."

가희의 은근한 말에 응남이 어깨를 으쓱거렸다.

"그런데 갈 길은 먼가?"

"아니옵니다. 그러나…."

응남이 말하다 말고 가희 앞으로 나가 자세를 낮추었다.

"왜 그러느냐?"

"마마님께는 이 길이 익숙지 않을 터인데, 가뜩이나 깜깜한데 어떻게 될지 모르니 소인이 업고 갈 수 있도록 허락해주십시오."

응남의 말을 듣고 시선을 전후좌우로 돌려보았다. 응남의 말대로 보이는 건 칠흑뿐이었다. 그나마 하늘에 떠 있는 달빛에 희미하게 사물이 윤곽을 드러내고 있었다.

"그래도 되겠느냐?"

"소인이야 무한한 영광이옵니다."

가희가 살며시 웃고 응남의 등에 상반신을 밀착시키고 목을 끌어안았다.

"마마님, 꼭 잡으십시오."

말과 동시에 응남이 자세를 곧추세워 앞으로 나아가기 시작했다.

"무겁지 않느냐?"

"무겁긴요. 마치 깃털처럼 가볍고…"

"그리고?"

"마마님의 향기가…"

가희가 가만히 향기를 되뇌며 응남이 향기를 더 잘 맡을 수 있도록 자신의 상체를 응남에게 바짝 밀착시켰다. 그러자 응남이 한걸음 한 걸음 걸을 때마다 자신의 가슴 특히 아랫도리가 들썩였다. 아니, 자신의 생식기와 가슴이 응남의 몸과 마찰을 일으켰다. 가희가 가볍게 신음을 내뱉었다.

"마마님 좋으신가요?"

응남의 목소리에 비음이 함께 묻어 나왔다.

"좋다마다…"

가희가 말하다 말고 자신의 상체를 잠시 뒤로했다 다시 앞으로 움직였다. 방금 전보다 더욱 짜릿한 쾌감이 몰려들었다. 가희가 본능적으로 응남의 목을 두른 팔에 힘을 주고 응남의 귀를 살짝 물었다.

"응남도 오늘 밤 나와 함께 하자꾸나."

"저야 영광이옵니다만 어떻게…"

"말해 보거라."

가희가 말을, 더하여 뜨거운 입김을 응남의 귓구멍에 쏟아부었다.

"마마님의 옥문이 하나인…"

응남의 목소리가 이어지지 못했다.

"앞에 있는 문만 옥문이냐?"

"하오면?"

가희가 몸을 아래로 내리며 응남의 목을 두른 오른팔을 내려 응남의 가운데로 이동했다. 슬그머니 그곳으로 손을 뻗자 이미 분기탱천하고 있었다.

"뒷문 역시 옥문임을 모르느냐?"

응남이 대답 대신 가볍게 신음을 내뱉었다.

"이놈은 앞문으로 받아줄까 아니면 뒷문으로 받아줄까."

가희가 콧소리를 내며 손에 힘을 주었다.

"마마님의 문인데 앞문 뒷문 가리고 싶겠어요?"

"그러자꾸나, 오늘 밤 내내 앞문 뒷문 모두 열어놓고 너희 둘을 받아주도록 하마."

"마마, 황공하옵니다."

김자점

"마마님, 이 은혜 어찌 갚아야 할지 모르겠습니다."

"소식 들으신 모양입니다."

가희가 처소를 방문한 이여순과 함께 후원으로 이동하고 있었다.

"어제 아버지를 뵈었는데 평산 부사를 제수받았다는 말씀을 주셨습니다."

"어떻게 된 사유인지도 아시던가요?"

"그저 전하의 명에 따라 그리된 것으로 알고 있었습니다. 그래서 제가 아버지께 그 연유를 말씀드렸더니…."

여순이 말하다 말고 한숨을 내쉬었다.

"주저 말고 말씀하세요."

"반드시 은혜를 갚아야 한다고 하시는데, 지금까지 야인으로 지내다 보니 먹고 사는 일도 여의치 않아서…."

"당연히 그러하시겠지요. 그러니 그 일은 천천히 생각하시라 전해주세요."

"저라도 반드시 마마님의 그 크신 은혜에 보답하도록 할 것이옵니다."

"지금도 하고 있는 게 아닌가요?"

"마마님, 일전에 말씀드린 제 시아주버니입니다."

"생원 김자점이 마마님을 뵈옵니다."

여순이 김자점과 함께 저녁 무렵 가희를 찾았다. 여순의 소개가 이어지자 자점이 깊이 고개 숙였다.

"마마님이라니요, 편하게 대해주세요."

"일전에는 제가 마마님의 실체를 알지 못해 결례를 범했는데, 뒤늦었지만 이제 마마님의 실체를 알고 있는 마당에 그리 대해서는 안 되지요."

여순 역시 깊게 고개 숙였다.

"여하튼 그러지들 말고 자리하세요."

자점이 자리에 앉으면서 적지 않은 보따리를 가희에게 건넸다.

"이것이 무엇인가요?"

"제가 취급하는 물건으로 마마님께 드리는 제 조그마한 정성입니다."

가희가 호기심 가득한 표정을 지으며 보자기를 풀자 빛깔 좋은 비단과 각종 화장품 그리고 비단 만큼이나 고운 장신구들이 모습을 드러냈다. 그를 바라보자 가희의 입이 벌어지기 시작했다.

"아니…"

벌어진 입이 쉽사리 닫히지 않고 있었다.

"마마님, 이도 부족하옵니다. 마마님의 도움으로 더 많은 성의를 표하도록 하겠사옵니다."

"그러면 내가 어찌 도와드려야 하나요?"

가희의 목소리에 흥분이 함께했다.

"잠깐 이럴 게 아니라 다과라도 들면서 천천히 이야기 나누지요."

가희가 자리에서 일어나 밖으로 나서 수라간으로 가서 되는대로 상을 보아 다시 방으로 들어섰다.

"아니, 마마님께서 직접…"

여순이 급히 자리에서 일어나 상을 받아 내려놓자 세 사람이 상을 중심으로 둘러앉았다.

"그래, 내가 어찌했으면 좋겠어요?"

가희가 손수 약과를 들어 두 사람에게 건네고 자점을 바라보았다.

"마마님의 존재만…"

"존재라니요?"

"마마께서 소인을 후원하고 있다는 증표만 있으면 될 듯하옵니다."

"그렇다면…"

가희가 말하다 말고 잠시 침묵을 지키자 여순과 자점이 뚫어져라 가희의 입을 바라보았다. 잠시 후 가희가 가볍게 자신의 무릎을 내리쳤다.

"좋은 생각이 떠오르셨습니까?"

"이렇게 하면 어떨까 싶네요."

"어떻게요?"

여순이 눈동자를 반짝였다.

"궁궐 후원에서 김 생원이 직접 물건을 홍보하면서 궁녀들에게 물건을 파는 행사를 개최하면 될 듯하네요."

"궁궐에서요!"

반문하는 여순의 눈이 커다랗게 변했다.

"그렇지요, 궁궐에서. 그리고 내가 직접 그 행사에 참여하여 궁녀들을 독려하는 모습을 보여주면 어떨까 싶네요."

"마마, 너무 황공하옵니다."

잠시 생각에 잠겨 들었던 자점이 깊게 고개 숙였다.

"그런 연후에 전국에 모든 관아를 돌면서 판매하면 되겠네요."

"역시 마마님이십니다."

여순 역시 감탄에 겨운 표정을 지으며 가희를 바라보았다.

"그건 그렇고…"

자점이 말하다 말고 여순을 바라보았다. 여순이 가볍게 한숨을 내쉬었다.

"왜요, 뭐 부족한 거라도 있나요?"

"그게 아니옵고. 이참에 마마께 말씀드려보세요."

"말씀드리기 너무 부담스러워서…"

자점이 여순을 바라보자 여순이 다시 한숨을 내쉬었다.

"무슨 일인지 몰라도 일단 말이나 들어보지요."

"실은 마마님을 뵈러 오면서 사돈어른 문제를…"

자점의 사돈어른은 여순의 아버지 이귀였다. 순간 여순이 깊게 한숨을 내쉬었다.

"무슨 문제라도 있나요?"

"문제라기보다도 그 나대는 성정 때문에 모함을 받아 이천에 유배되었다가 풀려나와서는 그냥 야인으로 지내고 있다 하옵니다."

"모함이라니요?"

"숙천 부사로 있을 적에 해주 목사에게 무고를 받고 수감된 최기를 만난 일로 탄핵을 받아 유배 간 적 있습니다."

"최기라면 이이첨의 미움을 받아 죽은 사람 아닌가요?"

"맞습니다. 결국 아버지도 이이첨 때문에 일이 그리 틀어진 모양입니다."

"한때 두 분이 좋은 관계를 유지하지 않았습니까?"

폐비 문제와 관련해서 이첨과 이귀가 보였었던 암묵적인 공조를 의미했다.

"물론 그랬었지요. 그런데 지내놓고 보니 이이첨 대감은…"

여순이 슬그머니 말을 멈추자 가희의 얼굴이 살짝 일그러졌다.

"마마, 소인이 말실수하였습니다. 용서하여주시옵소서."

"아니오, 내가 이이첨이라면… 여하튼 이 보살의 아버지를 제자리로 돌려놓도록 하지요."

이번에는 자점의 표정이 불편하게 변해 갔다.

"왜 그러나요, 김 생원?"

"마마께서 제 사돈어른을 제 자리에 돌려놓으신다한들 이이첨이 가만히 놔둘까 하는 우려가 들어서…"

가희가 슬며시 미소를 머금었다.

"그 점은 조금도 걱정하지 않아도 좋습니다. 이미 조정은 제 수중에 있으니 조금도 염려 마십시오."

"하기야, 마마님만 건재하신다면 아무런 문제가 일어나지 않겠네요."

여순이 안도의 한숨을 내쉬며 가희를 간절한 표정으로 바라보았다.

"그래도 제 마음은 부족하다는…."

"너무 그러시면 내 마음 역시 편치 않으니 부담가지지 말아요."

가희와 여순이 소소한 대화를 나누며 조금 걸어가자 저만치에 서총대가 시선에 들어왔다. 그 건물 주변으로 많은 궁녀들이 바삐 움직이고 있었다. 그를 바라보자 두 사람이 걸음을 서둘렀다.

서총대는 연산군 시절 유흥과 행락을 위해 경복궁의 경회루를 본떠 창덕궁 후원에 건설한 건물로 광해군 시절 주로 무관들의 시험 장소로 사용되었다. '서총瑞葱'의 의미는 '상서로운瑞 파葱'이다. 원래 서총대가 있던 구역에 성종 때 한 줄기에 가지 9개가 달린 특이한 파가 돋아나 '서총'이라 불렀고 연산군이 이를 생각해 서총대라 이름 붙였다.

"마마님, 어서 오십시오."

가희가 서총대 가까이 다가가자 귀인 윤 씨가 얼굴 가득 미소 지으며 반가이 맞이했다. 그 뒤에 아기를 안은 소정이 역시 미소 짓고 있었다.

"그래, 물건 좀 구입하였나?"

"당연하옵니다. 아울러 마마님을 위해 화장품도 구입하였사옵니다."

"그렇지. 이제 나도 나이가 들었으니 화장에 신경 좀 써야겠지."

"마마님의 경우 그냥 민얼굴이 훨씬 더 보기 좋은데요. 생동감 넘치고."

여순이 끼어들자 가희가 손으로 얼굴을 쓸어보았다.

"물론 아직까지는 그렇다고 해도 얼굴 피부 보호 차원에서라도 이제 신경 좀 써야 하지 않겠어요?"

가희가 여순에게 미소를 보이고 행사장으로 들어서자 궁녀들이 물건을 구입하느라 혈안이 되어있었다. 궁녀들 사이로 얼굴 가득 미소를 머금고 궁녀들을 상대하느라 바쁜 자점의 모습이 보였다.

"마마님, 대 성황입니다!"

자점이 얼굴 가득 웃음을 지으며 가희와 여순에게 다가왔다. 그의 얼굴을 바라보다 뒤에 놓여 있는 탁자를 살펴보았다. 계산대로 보이는 곳에 있는 엽전들이 대성황이라고 간주하기에는 부족해 보였다.

"어째…?"

"현금이 없는 사람들에게는 외상으로 팔고 있습니다."

자점이 가희의 마음을 헤아렸는지 계산대에 놓여 있는 장부를 보여주었다. 빼곡하게 궁녀들의 이름과 외상 액수가 적혀 있었다. 그를 살피던 가희가 두 사람을 바라보며 미소를 보여주었다.

"시아주버님, 마마님의 은혜를 절대 잊어서는 아니 될 일이옵니다."

"그야 당연한 일 아닙니까. 내가 마마님의 은혜를 모른 체할 그런 사람은 절대 아니지 않습니까?"

"그야 물론 그렇지요."

여순이 슬그머니 가희를 바라보았다. 가희가 흡족한 듯한 표정으로 두 사람을 번갈아 바라보았다.

"마마님, 물건을 판매하면서 생각해 보았는데 마마께 일정한 지분을 드리는 게 어떨까 싶은 생각이 일어났습니다."

"지분이라니요?"

"어차피 마마님의 은혜로 물건을 판매하게 된 만큼 마마님의 공로를 존중하여 판매 액수에서 일정 부분을 마마님의 몫으로 정하는 일이지요."

가희가 얼굴 가득 미소를 머금으며 지분을 되뇌었다.

이이첨의 발악

"마마, 우부승지 대감과 이조참의 대감께서 오셨습니다."

밖에서 소정의 목소리가 들려오자 가희가 누워있다가 몸을 일으키고 들이라 하자 문이 열리며 우부승지 박홍도와 이조참의 이정원이 심기 불편한 표정으로 들어섰다.

"두 사람이 어인 일로 함께 오셨습니까?"

두 사람이 자리하며 서로의 얼굴을 바라보았다.

"우부승지께서 말씀하시지요."

홍도가 입을 열기에 앞서 한숨을 내쉬었다.

"무슨 일입니까!"

"이첨 이놈이 제 수하들을 시켜 이귀와 김자점이 역모를 꾀하고 있다는 상소를 올렸습니다."

"뭐라고요!"

"이놈이 최후의 발악을 하는 모양입니다."

이정원이 가볍게 혀를 차며 홍도를 주시했다.

"마마, 이첨이 집의 정도, 사간 임건, 장령 이시정, 지평 한정국, 헌납 임기지, 정언 한유상을 사주해서 이귀와 김자점이 서궁(경운궁, 폐비를 지칭함)을 도와주고 있으니 속히 그들을 잡아들여 국문하라는 내용이었습니다."

"전하께는 고하셨습니까?"

잠시 생각에 잠겨 들었던 가희가 입을 열었다.

"한두 사람이 아니라 여러 명이 연명해 상소하는 바람에 전하께 고하지 않을 수 없었습니다."

"이첨, 이놈이 잔머리를 쓴 게지요!"

홍도에 이어 정원이 목소리를 높이자 잠시 생각에 잠겼던 가희가 소정을 불렀다.

"가서 임 숙의를 오라 이르거라."

"마마, 임 숙의라니요?"

소정이 명을 받들고 나서자 홍도가 의아한 표정을 지었다.

"혹시나 몰라서 임 숙의의 책임하에 항상 서궁을 경계하라 지시하였어요. 그래서 임 숙의가 서궁에 근무하고 있는 여러 나인을 포섭하며 매일 그 날의 상황을 보고받고 이상 징후가 보이면 내게 보고하도록 하고 있지요."

"역시 마마님이십니다."

두 사람이 동시에 감탄의 표정을 지었다.

"그런데 마마님, 혹시 김자점이라는 사람을 아시는지요?"

홍도의 질문에 가희가 중전을 통해 이귀의 딸인 여순을 만났고 그녀를 통해 상인인 시아주버니 김자점을 만난 경위를 간략하게 설명해 주었다.

요부 김가희

"그렇다면 한낱 장사꾼에 지나지 않습니까?"

"전형적인 이첨의 수법이지요. 전처럼 얼토당토않은 옥사를 일으켜 곤궁한 입장을 탈피해보겠다는 게지요."

"그놈 옥사에 완전히 맛이 간 놈입니다."

홍도와 가희의 대화에 정원이 혀를 차며 끼어들었다.

"대단한 착각이지요. 제 분수도 모르고."

"마마님 말씀이 맞습니다. 지금이 어느 때인 줄도 모르고 설쳐대고 있습니다. 어디 제 놈이 감히 마마님께 대적하겠다고…."

"마마, 이참에 아예 뽑아버리시지요!"

홍도에 이어 정원이 목소리를 높였다. 그 순간 소정이 혼자 방으로 들어섰다.

"임 숙의는 어쩌고?"

"오늘 전하의 침소에 드는 날이라 하옵니다."

가희가 잠시 생각에 잠겨 들었다. 미처 살피지 못했는데 오늘 저녁 임 숙의로 하여금 전하를 모시라 했었다.

"내 정신도 참."

가희가 멋쩍은 표정을 지었다.

"마마, 어찌하시렵니까!"

"우부승지께서 나서시지요."

"하오면 저는?"

정원이 눈을 동그랗게 떴다.

"괜히 저들마냥 벌떼처럼 일어나 대응하면 보기 민망하지요. 아울러 우부승지가 충분히 대처할 수 있으리라 봅니다."

홍도에 표정이 굳어지자 정원이 가만히 고개를 끄덕였다.

"마마님은 어찌하시겠습니까."

"두 분은 이만 물러가시고 저는 곧바로 전하의 침소로 들어 일의 자초지종에 대해 이야기 나누렵니다."

두 사람이 방을 나서자 가희가 궤로 다가가 미약이 담긴 약봉지를 챙겨 방을 나서 초롱불을 든 소정을 앞세워 밖으로 걸음을 옮겼다. 마당으로 나서자 하얀 눈이 온 세상을 덮고 있었고 눈빛에 물체들이 희미하게 모습을 드러내고 있었다.

"마마님, 제 발자국만 따라오세요."

소정이 앞서 걸으며 자신의 발로 눈을 밟고 치우며 발자국을 커다랗게 만들었다. 가희가 만면에 미소를 머금고 소정을 바라보았다.

"우리 소정이 빨리 커야 할 텐데."

"그러면 소녀를 어찌 이용하시려고요?"

"소정을 보면 내 어린 시절이 생각나는구나."

"그러시면…."

"문득 소정이 나를 처음 만난 날 나처럼 되고 싶다고 한 말이 생각나네. 그래서 때가 되면 세자저하의 상궁으로 들이려 한다."

"세자저하께요?"

"그래, 그래서 세자께 아들을 안겨드리면 소정이 이 나라의 실세가 되는 거지."

당시까지 세자 이지와 세자빈 박 씨 사이에 아들 한 명과 딸 세 명이 태어났으나 둘째 딸만 생존해있고 나머지는 모두 어린 나이에 사망했다.

"마마님처럼요?"

"그럼."

"마마님 황공하옵니다."

"그러니 부지런히 먹고 빨리 자라도록 하거라."

순간 소정의 어깨가 움찔거렸다.

"마마님, 저는 어떻게 할까요."

어느새 광해의 침전에 이르자 소정이 걸음을 멈추고 가희를 바라보았다.

"오늘 저녁 이곳에 머물 테니 너는 숙소로 돌아가 쉬거라."

마냥 들뜬 표정으로 돌아선 소정을 바라보다 광해의 침소로 들었다. 그곳에 머무는 상궁이 의외의 표정을 짓자 가희가 그를 무시하고 문을 열고 안으로 들었다.

"전하, 가희옵니다."

막 일을 시작하려는 중에 가희의 목소리가 들려오자 광해가 벌거벗은 상태서 몸을 일으켜 가희를 맞이했다.

"가희가 어인 일인고?"

"밖에 함박눈이 내렸는데, 눈이 너무 곱사옵니다. 그를 보고 있자니 갑자기 전하의 품이 그리워서…. 그리고 임 숙의에게 확인할 일도…."

말하다 말고 역시 벌거벗고 침대에 누워 있다가 자리에서 일어난 임 숙의를 주시했다. 임 숙의가 반가운 표정을 지으며 반겼다. 순간 광해가 가희를 안아 들고 침대에 내려놓았다.

"임 숙의, 괜찮겠지."

"당연하지요. 오히려 제가 반겨야 하거늘…."

"가희야, 임 숙의에게 무엇을 확인하겠다는 이야기냐?"

"전하, 먼저 제 옷도 벗겨주셔야지요."

가희가 자리에서 일어나자 광해가 급하게 가희의 옷을 벗겼다. 이어 광해를 가운데에 두고 두 여인이 광해의 몸을 감쌌다.

"오늘 서궁을 보필한다는 이유로 이귀와 김자점을 벌주어야 한다는 상소가 올라왔다고 해서 그와 관련해서 임 숙의에게 물어볼 일이 있사옵니다."

"그런 일이 있었지. 그런데 그게 임 숙의와 무슨 관계가 있다는 말이냐?"

광해가 양손을 뻗어 두 여인의 가슴을 간질이기 시작했다.

"소녀가 혹시나 하는 마음에서 임 숙의로 하여금 서궁의 여러 나인을 포섭하여 그들의 행동을 세심하게 관찰하라 한 바 있습니다."

"뭐라!"

광해가 목소리를 높이며 가희의 가슴을 잡은 손에 힘을 주었다. 이어 광해가 가희를 끌어당기며 호탕하게 웃음을 터트렸다.

"그렇다면 임 숙의는 가희에게 이실직고하도록 하라!"

광해가 근엄한 표정을 지으며 이번에는 임 숙의의 가슴을 잡고 힘을 주었다.

"오해에서 비롯된 듯하옵니다."

"오해라니!"

가희의 마음을 광해가 대변했다.

"얼마 전에 상인 김자점이 물건을 팔기 위해 서궁을 방문한 적 있습니다. 그 일로 김자점을 끌어들이는 동시에 그와 인척인 이귀를 끌어들인 모양입니다."

"그러면 그곳에서 김자점이 폐비를 만났다 하더냐?"

"그런 일은 없었고 그저 문 상궁만 대면하였다 하옵니다."

"그런데 이이첨이 그 일을 역모로 끌어가고 있고."

광해가 가볍게 혀를 찼다. 그와 동시에 가희가 인상을 찡그렸다.

"가희야, 왜 그러느냐?"

"이첨의 행동이 가증스러워 그렇사옵니다."

"그 인간 그런지 아직 몰랐느냐?"

"알고는 있었지만, 그 속내가 너무나 지저분하지 않사옵니까?"

"그건 무슨 소린고."

"이귀와 김자점을 벌주라는 이야기는 결국 그들을 천거한 소녀를 벌주라는 이야기가 아니고 무엇이겠사옵니까!"

가희가 말과 동시에 핏대를 올리자 광해가 가희의 얼굴을 어루만지며 웃음을 자아냈다.

"전하, 왜 그러시는지요?"

"가희는 어찌 화를 내도 이렇게 예뻐 보이나. 그나저나 가희가 내 정보통일세 정보통. 어떻게 서궁을 감시할 생각까지 하였는고?"

광해의 찬사에 임 숙의가 샐쭉한 표정을 지었다.

"임 숙의는 지금 질투하느냐?"

"아니옵니다, 전하. 전하께서는 우리 모두의 지아비인데 어찌 한 지아비를 두고 서로 질투할 수 있겠사옵니까."

"임 숙의의 말이 옳사옵니다. 그러나저러나 임 숙의는 미약을 챙겨오지 않은 모양이지."

"저 혼자 전하를 모신다는 생각에 그만…."

"가서 물이나 가져오게나."

광해의 품에 있던 임 숙의가 자리에서 일어나 물을 가져오자 가희가 약봉지를 집어 들고 물에 탔다. 이어 광해를 시작으로 임 숙의 그리고 가희가 미약을 탄 물을 골고루 나누어 마셨다.

"전하, 그런데 이 대감을 어찌 처리하려는지요?"

"지쳐서 쓰러지도록 만들려 하네."

"무슨 말씀이신지요?"

"그 사람 수법 내 훤히 꿰고 있거늘. 그러니 반응하지 않고 제풀에 나자빠지도록 만들어야겠지."

"그러면 이귀와 김자점에게는 아무런 영향이 미치지 않겠네요?"

"아예 그 일 자체를 무시한다 하지 않았느냐."

광해의 발언이 이어지자 약 기운이 서서히 퍼지는지 임 숙의의 얼굴에 환희의 기운이 감돌았다.

"전하, 오늘 밤은 어떻게 죽여드릴까요?"

"자네들 마음대로 하게."

가희의 콧소리에 광해에게도 서서히 약 기운이 밀려들고 있었다.

최후의 만찬

    가희가 화창한 봄날 오후 소정을 앞세우고 후원으로 발길을 잡았다. 광해를 모시고 서총대에서 봄의 향연을 벌이기로 했던 터였다. 후원으로 접어들자 저만치에 목련이 시선에 들어왔다.

    그를 바라보자 발길이 절로 그곳으로 움직여지고 있었다. 가까이 이르자 햇빛을 듬뿍 받으며 서서히 시들어가고 있는 목련꽃이 시선에 가득 들어왔다. 햇빛이 너무 화사해서 목련꽃이 그리 보이는 게 아닌가 하는 생각으로 바라보았다.

    순간 오래전의 일이 머릿속에 그려졌다. 당시 보았던 목련의 모습이 지금 눈 앞에 펼쳐지고 있었다. 가만히 생각에 잠겨보았다. 상당히 길한 일이 앞에 기다리고 있다는 감이 진하게 일어났다.

    "마마님, 무엇을 그렇게 골똘하게 생각하고 계시온지요?"

    "저 목련을 바라보자 문득 오래전 일이 떠올라 그랬구나. 그런데 우리 소정이 나이가 어떻게 되는고?"

    "이제 열세 살이옵니다."

    가희가 잠시 열세 살을 되뇌고 소정의 전신과 목련을 번갈아 바라보았다.

    "너는 지금 네 오라버니한테 날이 어두워질 무렵 궁궐 문에서 기다리라 하고 목욕 단장하고 오도록 해라."

"목욕 단장이라니요?"

소정이 무슨 말인지 이해되지 않는지 가희를 빤히 주시했다.

"빨리 서두를 일이야!"

가희가 소정에게 눈을 찡긋거리자 소정의 얼굴색이 발갛게 변하면서 고개 돌렸다. 소정의 뒷모습을 잠시 바라보다 천천히 이동하여 서총대에 이르자 여순과 자점이 분주하게 움직이고 있었다.

그 자리에 멈추어 그곳 전경을 훑어보았다. 대 위에 늘어선 상위에 각종 산해진미가 차려지고 있었다. 흐뭇한 미소를 지으며 다가서자 여순과 자점이 고개 숙였다.

"너무 과분한 거 아닌가요!"

가희가 차려진 상과 두 사람을 번갈아 바라보며 얼굴 가득 미소를 머금었다.

"마마께서 베풀어주신 은혜에 비하면 새 발의 피에 불과합니다. 그래서 마마님을 위해 특별하게 조그마한 선물을 준비하였고 내일 이른 시간에 사람을 보내 마마께 전해드리도록 하겠습니다."

"나를 위해서요?"

"마마님의 은혜에 보답해야지요. 그렇지 않다면 금수만도 못하지 않겠습니까."

"당연하옵니다, 마마."

가만히 침묵을 지키고 있던 여순이 끼어들었다.

"그런데 이 보살에게는…"

"물론이옵니다. 마마님을 뵐 수 있는 영광을 베풀어준 사람이 제수씨인데 그를 몰라라 할 수는 없는 노릇이옵니다."

"시아주버니, 정말이옵니까?"

"당연하지요. 이 모든 일이 제수씨로부터 비롯되었으니 당연히 보답해야 하지 않겠습니까."

"정히 그러시다면…"

여순이 말하다 말고 가희를 주시했다.

"제게 주시려고 준비하였다는 선물은 마마께 전해주셨으면 해서요."

"마마께요!"

자점이 살짝 소리를 높이고 두 사람을 번갈아 주시했다.

"저도 마마님의 은혜에 보답해야 하지 않겠어요?"

잠시 생각에 잠겼던 자점이 그 이유를 알겠다는 듯 고개를 끄덕였다. 가희 역시 여순의 의도를 읽고는 저만치로 시선을 주었다. 서총대 아래서 많은 사람이 바삐 움직이고 있었다.

"저 사람들은 누군가요?"

"마마님, 연회에 공연이 빠질 수는 없는 노릇이지요."

"당연한 일이지만, 너무 무리하는 게 아닌지 모르겠습니다."

"무리라니 당치 않습니다. 그리고…"

"마저 말하세요."

자점이 여순에게 고개 돌렸다.

"시아주버니께서 이후로도 마마께 의지하는 바가 크기에 많은 술과 음식을 준비해왔습니다. 그래서 연회에 사용하고 남는 음식과 술을 마마님의 지시로 궁궐의 병사들에게 나누어 주었으면 하는 의견을 주었습니다."

"이렇게 고마울 데가 있나."

가희가 기어코 자점의 손을 잡았다.

"마마님, 앞으로도 소신 마마께 전적으로 의지하고자 하옵니다. 아울러 마마님의 대소사를 직접 챙기고 싶사옵니다."

자점의 이야기에 감탄에 겨워 가만히 고개를 끄덕이는 중에 저만치서 광해와 조정 신료들이 다가오고 있었다. 가희가 얼른 자점의 손을 놓고 옷매무시를 가다듬고 대에서 내려 천천히 앞으로 나아갔다.

"가희야, 함께 나서지 않고."

"먼저 준비 상황을 점검해야겠다 생각하였사옵니다."

광해가 다가와 가희의 손을 잡자 가희가 살짝 미소를 보였다.

"그러면 오늘 가희에게 왕 대접받아볼까나."

"전하께서는 언제나 제게 왕인걸요."

가희가 광해의 손을 잡아 이끌어 서총대에 이르자 여순과 자점이 큰절을 올렸다.

"이들은 누구인고?"

"이 여인은⋯. 전하께서 기억하실지 모르겠는데 전하의 성은으로 목숨을 구했던 이귀의 딸 이여순이라 하옵니다."

"그래! 고개 들어 보거라."

여순이 잠시 멈칫하다 고개 들자 광해가 유심히 살펴보다 고개를 끄덕였다.

"불도에 오로지한다고 하더니, 그래서 그런지 세월이 흘렀어도 그 당시의 모습은 변하지 않았구나."

"그저 성은이 망극할 따름이옵니다."

여순이 다시 고개 숙이자 자점에게 시선을 주었다.

"이 사람은 이 여인의 시아주버니로 상인인 김자점이라 합니다. 일전에 제가 말씀드렸던 그 사람입니다."

"그런데 이 두 사람이 이곳엔 어인 일인고?"

"저에 대한 나아가 전하의 성은에 대한 은혜를 한사코 갚아야 한다하기에 이 두 사람의 작은 도움으로 이 자리를 마련하였사옵니다."

"허허, 기특한지고."

광해가 가볍게 혀를 차자 가희가 이미 마련된 자리로 이끌었다. 광해가 가희의 손을 잡고 정 중앙에 나란히 자리하자 이제나 저네나 그 순간을 기다리고 있던 신료들과 후궁들이 자리했다.

"전하, 두 분이 나란히 자리하시니 이 봄날이 더욱 화사하게 느껴지옵니다."

이이첨의 직계 수하였다가 힘의 축이 가희에게 쏠리자 뒤도 돌아보지 않고 말을 갈아탄 좌의정 박홍구가 말과 동시에 술병을 들고 광해와 가희의 잔을 채웠다.

"좌상이 보기에도 그러하오?"

"마마님이 곁에 하시니 전하의 용안에 봄꽃이 가득 피어나고 있사옵니다."

"역시 좌상이로고. 가희야, 우리의 충신인 좌상에게 술 한잔 따라줌이 어떠하겠는고."

가희가 광해의 얼굴을 바라보다 술병을 들었다. 홍구가 급히 자리에서 일어나 빈 잔을 들고 가희 앞에 공손히 자리 잡았다. 가희가 한껏 고개 숙인 홍구에게 술을 따르자 모두의 시선이 집중되었다.

"자, 모두 앞에 있는 잔을 채우도록 하라."

광해의 명이 떨어지자 모두가 잔을 채웠다.

"가희가 한마디 하도록 하거라."

광해가 가희에게 눈짓을 보내자 가희가 잔을 들고 천천히 일어났다.

"산해진미를 앞에 두고 여러 말하면 안 되겠지요."

말을 멈추고 신료들에게 시선을 주었다. 모두가 찬동한다는 듯 박수 쳤다.

"지금처럼 언제고 변함없이 주상 전하께 오로지 충성하시기만 바랄 뿐이옵니다. 모두 주상 전하의 강녕을 위해 잔을 들어주세요."

모두가 잔을 들자 가희가 광해에게 시선을 주었다. 광해가 흡족한 표정을 지으며 잔을 기울이자 모든 사람들이 잔을 기울였다.

"주상 전하 만세, 상궁 마마 만세!"

잔을 내려놓자마자 홍구가 연호를 외치자 모든 신하들이 앞다투어 연호했다. 이어 곧바로 풍악이 울리며 무대 한가운데로 무희들이 자리 잡고 춤사위를 이어가자 본격적으로 연회가 시작되었다.

무희들의 춤사위가 끝나자 서총대 아래 광장에서 북소리가 울리며 칼춤을 비롯하여 줄타기 등의 공연이 이어졌다. 그 과정에 주거니 받거니 술자리가 이어지기를 한동안 모든 공연이 끝나자 모두의 얼굴이 붉게 물들어 있었다.

"뭣들 하느냐, 어서 풍악을 울리거라!"

잠시 적막이 이어지자 광해가 자리에서 일어났다. 곧바로 음악이 이어지고 가희가 광해에게 보조를 맞추자 모두 음악에 흐느적거리기 시작했다. 그러기를 한순간 저만치서 소정이 한껏 치장하고 모습을 드러냈다.

마신 술기운 탓인지 소정이 흡사 막 개화하기 시작한 목련 꽃처럼 비쳤다.

"전하, 잠시 자리하시지요."

가희의 제안에 광해가 춤사위를 멈추고 가희의 손에 이끌려 자리했다. 곧바로 가희가 소정을 향해 손짓하자 소정이 사뿐사뿐 다가오고 있었다. 다가온 소정에게 예를 표하라 하자 소정이 큰절을 올렸다.

"이 아이는 누군고!"

"고개 들어 보거라."

가희의 부드러운 말에 소정이 천천히 고개 들었다.

"전하, 어떠하시옵니까?"

"이 아이가 누구냐니까!"

"전하께서 알아맞혀 보시옵소서."

오부 김가희

가희가 얼굴 가득 미소를 머금자 광해가 세심하게 소정의 얼굴을 살펴보았다. 이어 가희의 얼굴로 시선을 주었다.

"혹시 자네와…"

"그러하옵니다. 저 아이는 소녀의 인척으로 지금 소녀 곁에 머물고 있사옵니다."

소정을 바라보는 광해의 눈이 순간적으로 반짝였다.

"그래서 보는 순간 자네를 처음 만났던 일이 떠올랐었군."

광해가 흡족하다는 듯한 표정을 지으며 빈 잔을 들었다.

"전하께 술 한잔 올리거라."

가희의 부드러운 말투와는 달리 얼굴이 발갛게 물든 소정의 몸이 떨리고 있었다. 순간 모든 사람들이 춤사위를 멈추고 시선을 집중했다.

"어서 전하께 술 올리라 해도."

가희의 거듭된 요구에 소정이 무릎걸음으로 다가가 술병을 들고 광해의 잔을 채웠다.

"전하, 오늘 이 아이를 취하시지요."

광해가 술잔을 비워내자 가희가 은근하게 왕의 소매를 잡았다.

"자네는?"

"이 아이가 가희입니다. 그러니 오늘은 이 아이를 취하십시오!"

"자네는 함께 하지 않겠다는 말인고?"

"전하, 가희가 둘일 수는 없지 않겠사옵니까?"

광해가 가희의 속내를 읽었는지 잠시 후 호탕하게 웃음을 터트렸다.

요부

소정이 광해의 침소에 드는 모습을 확인한 가희가 궁궐 문에서 기다리고 있던 몽필, 응남과 함께 몽필의 집에 도착했다. 한창 혈기 왕성한 두 남자와 격정을 치르고 나자 가희가 녹초가 되어 두 사람 사이에 몸을 눕혔다.

"마마님, 만족하시옵니까?"

"나야 만족하지만 오늘 평소답지 않게 많은 술을 마셔서 너희들에게 만족감을 안겨주지 못한 듯하여 미안한 마음 일어나는구나."

"저희는 마마님만 만족하면 그것으로 족하옵니다."

몽필에 이은 응남의 소리에 가희가 가만히 양팔을 뻗어 두 사람의 가운데를 주물럭거렸다. 마치 그게 신호라도 된 듯 두 사람이 몸을 옆으로 눕히고 손과 입으로 가희의 온몸을 배회하기 시작했다.

"나는 이 상태로 잠시 잠을 청해야겠구나. 그러니 조금도 개의치 말고 내 몸을 마음대로 희롱하도록 하거라."

"희롱이라니요, 소인들의 정성이옵지요."

몽필의 반응과 함께 두 사람의 움직임이 바빠지자 가희의 눈꺼풀이 서서히 내려앉았다. 잠시 후 두 사람의 가운데서 놀던 가희의 손이 바닥으로 떨어졌다.

요부 김가희

"네 이년, 고개 들지 못하겠느냐!"

불호령이 들리지만 가희가 고개 들 수 없었다. 간신히 힘을 내어 고개를 옆으로 돌렸다. 임 숙의가 고개 숙인 상태서 원망 가득한 시선으로 바라보고 있었다. 의아한 마음이 일어나 젖먹던 힘까지 다하여 고개 들자 이귀, 김자점 그리고 여순이 여러 명의 병사를 거느리고 자신을 쏘아보고 있었다.

"네년이 천하의 요부 김 상궁이렷다!"

자신을 노려보는 이귀의 눈에 핏발이 서 있었다.

"요부인지는 모르겠고 내가 김가희요. 그런데 댁이 무슨 일이오?"

의아한 표정을 짓고 이귀를 쏘아보자 옆에서 침묵을 지키고 있던 자점이 칼을 뽑아 들고 칼끝을 가희의 목덜미로 가져다 댔다.

"아니 된다. 이년은 본을 보이기 위해 이리 편히 보내줄 수 없어. 군기시 앞으로 끌고 가서 모든 백성이 보는 앞에서 능지처사의 처벌을 받도록 할 일이야!"

자점이 의아하다는 듯한 표정을 지으며 여순에게 고개 돌렸다.

"아버지, 부처님의 자비를 생각하시어야지요."

"부처의 자비라니?"

"비록 천하의 요부지만 오늘의 일을 성사시키는데 가장 공로가 큰 사람이 바로 이년이옵니다. 승냥이 같은 이첨의 경계를 완벽하게 차단해주지 않았습니까."

"그렇지요. 또한, 군자금 조달하는데도 이 년의 몫이 지대했지요."

이귀와 여순의 대화에 자점이 개입했다.

"그러면 어찌 죽이자는 말이냐?"

"이년이 준 도움을 고려하여 참수로 결정하시지요."

"정히 그러하다면 그리하도록 하마. 그리고 옆에 이년은?"

"이년은 비록 후궁이지만 이 요부를 속이고 우리를 적극 두둔하였으니 당연히 목숨은 살려주어야지요."

여순의 변호에 이귀가 깊게 한숨을 내쉬었다.

"그렇다면 이년에게도 부처의 자비를 베풀어 목숨은 보전토록 할 일이네. 네년은 일어나도록 하라."

임 숙의가 자리에서 일어나며 가희를 차갑게 쏘아보았다. 가희가 도대체 무슨 상황인지 감을 잡지 못했다.

"이보오, 이 보살!"

"말해보게."

"도대체 이게 어찌 된 영문이오?"

"이년이 세상이 바뀐 걸 아직도 모르네!"

자점이 가희를 쏘아보며 가볍게 혀를 찼다.

"세상이 바뀌다니요?"

"그래, 그리 알고 세상 마감하는 일이 그나마 위안이 되겠구나."

자점이 말을 마침과 동시에 칼을 치켜들었다.

"이년아, 저승에서는 부디 인간답게 살거라."

순간 자점이 내리치는 칼날에 달라붙어 있는 목련꽃이 햇빛에 반짝였다.

요부 김가희

"마마님!"

누군가가 자신을 부르며 몸을 심하게 흔들었다. 가희가 눈을 뜨자 몽필이 이마를 만지고 있었다.

"마마님, 무슨 몹쓸 꿈을 꾸셨기에…."

가희가 몸을 일으키자 몽필이 급하게 호롱에 불을 붙였다. 어스름한 불빛에 방안을 둘러보았다. 잠시 전과 그대로였다.

"낮에 마신 술 때문인 모양인데, 죽는 꿈을 꾸었네."

"죽는 꿈은 길몽이 아닌지요?"

"그렇지, 길몽이지."

말은 그리했지만 기분이 영 개운하지 않은지 가희가 고개를 살며시 흔들며 주위를 둘러보았다.

"그런데 응남은 보이지 않는구나."

"그 친구는…."

"왜?"

"힘이 남아돌아 그를 풀어내야겠다고…."

차마 말을 맺지 못하는 몽필의 가운데를 바라보았다. 힘이 잔뜩 들어가 있었다.

"지금 시간이 어떻게 되었느냐?"

가희가 손으로 몽필의 그곳을 가볍게 잡자 격한 반응을 보였다.

"잠시 후면 동이 틀듯합니다."

가희가 잠시 생각에 잠겨 들었다 몽필의 얼굴을 바라보며 몽필의 가운데를 잡고 있는 손에 힘을 주었다. 순간 몽필의 입에서 가벼운 신음이 흘러나왔다.

"요놈을 이대로 두면 사고 칠 듯 보이는구나. 냉수 한잔 마시고 달래주어야 할 일이야."

가희의 말이 끝나자마자 몽필이 냉수를 떠오겠다며 자리에서 일어났다. 힘이 잔뜩 들어가 경직된 가운데를 앞세우고 개선장군처럼 밖으로 나서는 몽필의 뒷모습을 바라보며 몸을 가볍게 움직여보았다. 뒷문이 조금 욱신거렸다. 잠자는 사이 응남이 그곳을 방문하지 않았겠나 생각하며 앞문을 바라보았다.

제대로 정돈된 생식기를 어루만지며 몽필이 들어오기를 기다렸다. 우물이 그다지 멀지 않건만 몽필이 쉽사리 돌아오지 않고 있었다. 가희가 조바심에 몸을 일으켜 세우자 아무렇게나 벗어놓은 옷들이 시선에 들어왔다.

순간적으로 옷을 걸칠까 하는 생각이 찾아들었다. 그러다가 잠시 후면 다시 벗을 텐데 굳이 옷을 걸치는 수고로움을 피하자는 생각으로 방문으로 다가갔다. 그 앞에서 막 문을 열려는 순간 거칠게 문이 열리며 세 명의 포졸이 들이닥쳤다.

"이년이 김 상궁이다. 당장 포박하라!"

일이 크게 잘못되었다 싶은 생각으로 방금 소리친 포졸을 바라보았다. 지난 저녁 궁을 나설 때 술과 음식을 하사해주어 고맙다고 고개 숙였던 하급 군관이었다.

요부 김가희

"네 이놈 무엄하다!"

가희가 노여움에 소리를 높이자 군관의 얼굴이 가당치 않다는 듯 변해 갔다.

"네년이 세상 바뀐 걸 모르느냐!"

"뭐라, 그러면 역모!"

"이년아, 역모가 아니라 반정이다. 알겠느냐!"

"반정이라니, 무엇 때문에…"

가희의 다음 말은 이어지지 않았다. 군관의 발이 가희의 배를 강하게 걷어차자 그 자리에 고꾸라진 탓이었다.

"옷은 어떻게 할까요."

"어차피 바로 죽을 년인데 무슨 옷이 필요하냐. 이대로 포박하여 끌고 나가라."

군관의 명령에도 불구하고 포졸들이 좀처럼 움직이지 않고 가희의 가운데를 찬찬히 살펴보고 있었다.

"빨리 서두르지 않고 뭐하는 게냐!"

"이년의 보지가 특별하게 생겼다고 해서, 어떻게 생겼는지 살펴보고 있습니다요."

능글맞은 표정을 지으며 답하는 포졸을 바라보던 군관이 칼집으로 가희의 생식기를 어렵지 않게 찾아 앞으로 밀었다. 잠시 머뭇거리던 칼집이 서서히 안으로 들어갔다.

"자, 이제 서두르도록 하라."

잠시 후 군관의 명에 포졸들이 입맛을 심하게 다시다 제대로 숨도 쉬지 못하는 가희를 포박하여 개 끌 듯 밖으로 데리고 나갔다. 밖으로 나서자 포박당한 몽필을 향해 무차별적인 구타가 이어지고 있었다.

"이귀냐, 이이첨이냐?"

가희가 젖먹던 힘을 다해 몸을 추스르고 군관을 바라보았다.

"이첨, 이 새끼도 함께할 터니 염려 붙들어 매거라!"

"그렇다면 이귀!"

"이 대감께서 네년의 도움으로 거사가 성공했다고 능지처사를 면하도록 한 사실이나 제대로 알거라."

순간 아침 일찍 사람을 보내 선물을 전달하겠다던 자점과 그 옆에서 엄숙한 표정으로 위장했던 여순의 얼굴, 이어 방금 전 꿈에 보았던 장면이 떠올랐다. 그 꿈이 현실로 자리하자 절로 실소가 흘러나왔다.

결국 여순과 자점에게 철저하게 농락당했다는 생각 그리고 이첨과 자신은 조력자에 불과했음을 인지한 가희가 광해를 떠올리며, 서쪽 하늘로 지고 있는 하얀 달을 바라보며 길게 한숨을 내쉬었다.

"네년은 워낙 요사스러워 체포 즉시 참수하라는 명이 있었다. 그러니 어서 목을 늘이도록 하거라."

"아직도 날이 어두운데 제대로 칼질할 수 있겠소?"

기세등등하게 쏘아 보는 군관을 바라보자 이상하게도 마음이 가라앉았다.

"한 번에 안 되면 또 하면 될 터이니 걱정 말고 어서 목이나 늘여라!"

요부 김가희

다시 꿈이 떠올랐다. 다가오는 칼날에 목련꽃이 달라붙어 있었다.

"마지막으로 할 말은 없느냐?"

군관이 칼을 높이 치켜들었다.

"내 이야기가 반드시 후세에 전해질 터, 측천무후가 되려 했는데 아쉽게도 포사가 되고 말았다고 꼭 좀 전해주시오."

"이 미친년이 무슨 소리 하는 거야!"

가희가 간곡하게 주문하자 군관이 목소리를 높이며 어리둥절한 표정을 지었다.

"그대가 포사가 그리고 측천무후가 누구인지 알겠소. 그러니 그저 그렇게만 전해주시오."

"이년이 아주 제대로 미쳤군!"

"그게 무슨 소리요?"

군관이 혀를 차며 치켜올렸던 칼을 내리자 가희가 의아한 표정을 지었다.

"이 미친년아, 측천무후가 반정으로 망했다는 사실을 모르는 게냐! 바로 네년처럼!"

"뭐라!"

순간 가희의 머리로 벼락이 내리치면서 이첨의 얼굴이 그려졌다.

"내가 장담하건대 네년은 훗날 조선 최고의 요부로 낙인찍혀질 게다. 알겠느냐! 그렇게 알고, 미친 네년 한번에 끝내줄 테니 어서 목이나 늘여라!"

마음이 급격히 허망하게 무너져내리기 시작했다. 잠시 후 고개 돌려 하얀 달을 바라보던 가희가 실성한 사람처럼 측천무후와 요부를 되뇌며 목을 길게 늘어뜨렸다. 이어 시들어버린 하얀 목련꽃이 붉게 물들었다.

요부
김
가
희

펴낸날 2023년 2월 14일

지은이 황천우
펴낸이 주계수 | **편집책임** 이슬기 | **꾸민이** 이슬기

펴낸곳 밥북 | **출판등록** 제 2014-000085 호
주소 서울시 마포구 양화로 7길 47 상훈빌딩 2층
전화 02-6925-0370 | **팩스** 02-6925-0380
홈페이지 www.bobbook.co.kr | **이메일** bobbook@hanmail.net

© 황천우, 2023.
ISBN 979-11-5858-920-2 (03810)